の恩返し

~ハイスペック村づくり~

1

Denka Haaana
ハーーナ殿下
Ryo Ueda
植田亮 Illustration

目次

第一章　滅びの村へ

眩しい光に包まれた。

気がつくと見知らぬ森の中にオレは立っていた。

（ここはどこだ……？）

自分は登山をしていたはずである。しかも幼いころから慣れ親しみ、幾度となく登っていた山を。

（遭難したのか？　いや、それはない）

今は安全な初夏の昼間のはずだ。こんな状況で遭難することなど、あり得ない。


情報を得るために近くの樹木を確認する。

（これはブナの木か？　……いや、初めて見る木の種類だ）

自分は動植物には詳しいほうだ。だが周囲の樹木の全てが、初めて見る品種ばかり。図鑑でも見たことがない、日本にはない種である。

一体何が起こっているのだろう。

「現在地点を確認するか……」

冷静になるために、意識的にひとり言で動作を復唱。これで自分の置かれている立場を客観的に確認できる。

ポケットからコンパスを取り出し、方角を確認する。同時に周囲の枝葉と苔《こけ》の自生方向も目視する。一つでも多くの情報を得ることで、正確に状況を把握できるからだ。

「あとは太陽の位置を……なっ……」

最後に天を見上げて、オレは言葉を失う。想像していなかった光景に驚愕《きょうがく》したのだ。

「太陽の周りに、月が〝二個〟あるだと!?」

それは信じられない光景であった。

頭上には明るく輝く太陽が確かにあった。だがその側《そば》には二つの月が衛星として、はっきり見えていたのだ。オレの記憶が確かなら、地球の衛星である月は一個しかないはずである。

「ふう……つまり、ここは地球ではない場所……ということか」

深呼吸をして冷静になってオレが下した判断は、それだった。

数分前までなら、どういうわけかはわからないが外国のジャングルに迷い込んだという可能性もあった。地球上には未開の地があり、自分の知らない樹木があっても不思議ではない。

だがその可能性は完全に消えた。ここが自分の生まれ育った惑星ではないことが、証明されたのだ。

「別の惑星か？　それとも異世界か？」

先ほどから呼吸は問題ない。ということは空気中の成分は地球上と同じなのであろう。他の惑星だとしたら、天文学的な確率での空気比率の一致になる。

「さて、どう生き残るか……」

オレは周囲を警戒しながら、今後の行動を思慮する。

どういう経緯かは不明だが、とにかくここが地球上ではないことは理解した。便宜上〝異世界〟と呼称する。そうなってくると今後の一番の問題は、生き残るためにどうするべきかだ。

「危険度は、地球上の未開のジャングルと同等……いや、それ以上と想定しておく」

自分の中の警戒レベルを最大に高めておく。

登山や野外活動を趣味としており、大自然の恐ろしさは理解しているつもりだ。

どんなに科学文明が発展しても、生身の人間は非常に弱い存在である。人は二足歩行のために体力消費が大きく、無手ならば野生の獣にも勝てない。雑菌の消化能力や抵抗力も低く、未開の地では病気にもなりやすい。


「登山中だったのが不幸中の幸いだったな」

背中の登山用の大型リュックサックには、食料や各種サバイバル道具が揃っていた。これだけあれば数日間の山中移動も可能である。

「さて、行くとするか」

状況と装備を確認したオレは、この場を離れる決意をする。

『ここにずっといれば、また地球に戻れるのでは？』という微《かす》かな希望は捨てていた。

このままでは情報が少なく、野営を続ければ、未知の獣に襲われて死ぬ危険性がある。生き延びるために森を抜ける必要があると判断し、オレは足を進めるのであった。

◇

◇

見知らぬ森の中を一時間ほど歩く。

方角はコンパスで、時間は腕時計で正解に計っていた。携帯電話が電波を拾わない以外は、今のところ機器も正確に作動している。ここは異世界であるが、森の中での行動は基本的に地球と同じ。周囲を警戒しながら、一定の方向へ進んでいく。

「今のところは普通の森だな。やや緑が濃いくらいで」

移動しながら常に状況を確認していく。この森の緑は濃いが、樹木や苔は地球上と類似している生態系だ。

特に危険性もなく、今のところは移動も問題はない。むしろオレは身体の奥底から力がみなぎり、なぜか全身が軽いような感覚すら覚えていた。

「さて、問題は獣だな」

一番の心配は森に住んでいる生物の存在だ。この異世界の生態系はまだ未確認である。

だが『豊かな森には必ず草食生物が生息。そして捕食する肉食生物もいる』というのが自然の摂理。これほど豊かな森の中なら、必ず危険性はあるのだ。

「肉食の獣か。さて、どの程度のものか」

自分の両親は破天荒な自称冒険家であり、オレも幼いころから世界各国の大自然の中を連れ回されてきた。その影響もあり、今でも自然散策は唯一の趣味だ。お蔭である程度危険な獣に対峙した経験もあった。

だが見知らぬ異世界では、とにかく危険を回避するのが最良である。なぜか軽くなった身体と五感で更に警戒を強めていく。


そんな時である。

「ん……この声は?」

進行方向から、声が聞こえてきたのだ。獣の鳴き声ではなく、知性ある生物の言語である。

「これは、悲鳴か……」

瞬時にそう解析して、その方向に急ぎ足で進む。悲鳴が聞こえるということは、そこに人に近い生物が存在するはずだ。

この世界の情報を得るためにオレは危険を冒して、悲鳴の聞こえる方向へ近づくのであった。

こうしてオレは目的の場所にたどり着く。

気配を消して茂みに身を隠し、状況を確認する。

（女性か……）

助けを求めていたのは一人の少女であった。

パッと見の容姿は金髪碧眼で、明らかに異国の少女。だが不思議なことに自分の耳に聞こえているのは、『助けて！』という流暢《りゅうちょう》な日本語である。

数匹の獣に襲われて、異国の少女は窮地《きゅうち》に陥っていた。

（あれはまさかウサギ……なのか？）

信じられないことに少女を襲っていたのは、ウサギの群れである。

しかし地球上のウサギより二回りは大きく、更に口元に鋭い牙がある。自衛の短剣を振り回す少女の身体に、その獣は凶暴に襲いかかっていたのだ。

（このままではマズイ……）

考えるよりも先に身体が動く。

少女の命を助けるために茂みから飛び出したオレは、腰のサバイバルナイフで獣に斬りかかっていく。

◇　◇

異世界の獣との対峙は終わる。数匹いたウサギ型の獣を、オレは全て退治した。

「助けてくれて、本当にありがとうございます……旅の方」

手足に細かい傷を負っていた少女が、感謝の言葉を伝えてくる。不思議なことに、やはりオレの耳には流暢な日本語に聞こえる。

「通りがかりのことだ、気にするな。何てことはない相手だった」

「大兎《ビック・ラビット》を……ですか!?」

オレの言葉に少女は驚いた表情になる。こちらの言葉も理解できるらしい。

それによると足元で絶命している獣の名は大兎《ビック・ラビット》。最初はこのウサギの外見に驚いたが、よく集中して見ると動きは単調で遅かった。

少女を助けるためにオレは登山用の合法サバイバルナイフを使い、ビック・ラビットを斬り倒したのだ。

「牙は確かに危険だが、ただの大きいウサギだ」

足元の死骸を観察して再認識する。口元の牙さえ注意すれば、これはただのウサギである。特に注意を払う相手でもなかった。

「ビック・ラビットは村の大人でも大変危険な獣です」

オレの言葉に、更に驚いた少女は説明してくる。ビック・ラビットは素早い動きで人を翻弄して、鋭い牙で足や首を狡猾に狙う危険な肉食の獣であると。

「これが素早く危険な獣だと？」

少女の説明を不思議に思う。自分はアウトドアには精通しているが、武道の達人などではない。

自称冒険家であった両親の影響で、多少の護身・ナイフ術は身につけている。だが自分の戦闘能力に対して、そこまで驕《おご》りはない。

「ところでオレは、迷い人だ。すまないができればキミの住む村へ、行きたい」

オレの言葉に驚いてばかりいる少女に本題を伝える。

先ほどの少女の言葉には〝村〟という単語があった。つまり近くに人里があり、彼女と同じように言語が通じる人が住んでいるのだ。

「貴方さまは命の恩人、もちろん大歓迎です！　でも少し事情があって、今のウルドの村は食糧難ですが……」

「それでも、この森よりは安全なんだろう？」

「はい。水と、安全に寝る場所はあります！」

この状況で少女の提案は非常に助かる。もうすぐ日が沈む時間帯であり、未開の森の中で過ごす夜ほど恐ろしいものはない。食料に関しては自分で何とかするしかない。

「そういえば、このビック・ラビットは食えるのか？」

食料と言われ、足元に転がっている獣について尋ねる。

「はい、食料と毛皮として、村でも貴重品です。村では狩った者に、所有する権利があります」

「つまりオレにか？」

「はい」

なるほど、それなら話は早い。これだけの肉の量があれば、しばらくの間の食料はもつ。

「なら半分だけ貰う。残りはキミにやる。宿賃だと思ってくれ」

「この量のビック・ラビットをですか!?　はい、ありがとうございます！」

村ではビック・ラビットは、かなりの価値があるのであろう。少女は本当に嬉しそうな顔で喜ぶ。


「では村に戻る準備をしましょう」

彼女は手際よくビック・ラビットの血抜きをして、木の棒にぶら下げて村へ行く準備をする。

「随分と手際がいいな、キミは」

見た目は細身の少女であるが、流血にもひるまずに作業する姿に感心した。オレも手伝うがビック・ラビットの内臓や血抜き工程は、日本の野ウサギとまったく同じだった。

「ありがとうございます！　こう見えて私は狩人なのです。そういえば……リーシャです」

「ん？」

「私の名はウルド村のリーシャといいます……失礼ですが、旅人さまの名は……」

そういえばオレたちは、まだ名乗り合っていなかった。バタバタしてすっかり忘れていたのだ。

「オレの名は、ヤマトだ」

「ヤマトさま……素敵な名ですね……」

「呼び捨てでいい。リーシャさん」

「ヤマトさま……ヤマトさま……本当に素敵な響きですね……」

これはダメだ、聞こえていない。仕方ないから気にしないでおこう。

「ではリーシャさん、村までの道案内を頼む」

「はい、ヤマトさま！」


狩人の少女リーシャの後を追いながら、獣道を一時間ほど歩いていく。

道中も森の動植物を観察して、気になる物は彼女に尋ねつつこっそりと採取する。この異世界では生きてゆく術と情報は一つでも多い方がいい。


「ヤマトさま、見えました！　あれが私の住むウルドの村です」

「ほう、あれか」

小高い森を抜けた視界の先に、小さな村があった。

山岳の盆地に湖があり、その湖畔に広がる集落。時間的に夕食らしき炊事の煙も見える。ここから見た感じだと、本やネットで見た中世風のやや原始的な村の様子である。

（さて、異世界の村か。ここからどうなることか……）

ビック・ラビットの肉を吊るした棒をかつぎながら、オレは警戒を強める。先にゆくリーシャに気づかれないように、護身用の武器を再確認する。

少女リーシャは歓迎してくれたが、村の住人が全てそうとは限らない。未開の辺境の村は恐ろしい場所なのである。

◇　　◇

「うちの孫娘を助けてもらい、心から感謝ですぞ。旅のお方よ」

警戒していた村人からの襲撃はなかった。

むしろ大歓迎され、オレは無事に入村を許される。森の中で助けた少女リーシャは、なんと村長の孫だったのだ。比較的大きな屋敷に招かれて感謝の意を述べられた。

「気にするな。通りがかりで助けたまでだ」

「これはご謙遜を、ヤマト殿」

初老の村長は歓迎の表情で、感謝の言葉を述べてくる。山岳民族の独特でカラフルな衣装を着込んでおり、なかなか礼儀正しい人物だ。

「リーシャさんから聞いていると思うが、雨風をしのげる場所を、ひと晩だけ提供してほしい」

事前にリーシャを通して頼んでおいた寝床について、改めて村長にもお願いする。

宿代としてオレの狩ったビック・ラビットを半分渡していた。とりあえず今宵だけ、ここで過ごせればいい。

（ある程度の情報収集をして、明日にはこの村を離れよう）

オレは、このウルドの村に長居するつもりはなかった。

欲しいのはこの異世界の情報。ここから一番近い街への道順や、階級制度や経済状況が知りたかった。

少女リーシャや村長と会話して分かったが、この世界でもオレの言葉は通じる。それならばここより大きな街に移り住むことも可能。そこならば肉体労働や雑務などで、日銭を稼ぐことも可能である。

（この村は閉鎖的すぎる。大きな街の方が安全だ）

オレはこの世界では明らかに異国人であった。黒目黒髪で東洋人の独特の顔立ちでは、目立ちすぎる。大きな街の方が安全で暮らしやすいであろう。

「村の外れに空き家があります。今宵はそちらを自由に。おい、リーシャや」

「はい、おじいさま」

村長との簡単な話も終わり、リーシャが口を開く。

森で出会った時の狩人スタイルから、彼女は着替えていた。村長と同じように色彩豊かな衣装。この世界の美的基準は分からないが、オレの目から見ても十分に美しい少女である。

彼女の案内で今宵の寝床へと向かう。

「失礼かもしれないが、随分と寂しい村だな、ここは」

村の中の道を歩きながら、その感想を口にする。隣を歩くリーシャを怒らせないように、言葉は選んでいるつもりだ。

「かつては活気ある村でした。ですが最近は不幸が続きまして……」

「不幸か。村に老人と子どもしかいないのも、それか」

「気がつかれていましたか……」

「ああ、一目瞭然だな」

入村した時から違和感があったが、こうして村内を歩いてみて確信に変わった。このウルドの村には老人と子どもしかいないのだ。今も村内を歩いているオレに怪訝な視線を向けてくるのは、老人とやせ細って目つきが鋭くなった子どもだけである。

「ことの発端は、少し前のことになります……」

リーシャは村がおかれている不幸な状況を、歩きながら簡単に説明してくれた。

◇

◇

事件が起きたのは数週間前のこと。飛び地として村を治める領主の軍が、いきなり進軍してきたのだ。

少数民族であるウルドは、これまでその領主の庇護《ひご》下にあった。税を納めることで、民族としての自治を長年にわたり認められていたのだ。

『探せ！　家屋はもちろん、家畜小屋まで探せ！』

だが突如として進軍してきた領主は、こちらの言葉も聞かずに強引に村内の探索を命じた。何を探していたかは見当もつかない。とにかく村中の全てをかき回して、何かを探索していた。

『まだないのか？　……それとも隠しているのか？　おい、老人と子ども以外の全てのウルド人を連行しろ』

探索を終えて、領主は兵士たちに非情な命令をくだした。老人以外の全ての村の大人を武器で脅し、連行していく。更には備蓄していた穀物や家畜も一緒に徴収していった。

『ここで殺すつもりはない。だが抵抗すれば、今すぐウルド人を滅ぼす』

異議を唱えようとした村人たちを、領主は恐ろしい言葉と暴力で脅した。もともと平和を愛するウルドの村人たちは、断腸の思いで従うことにしたのだ。

こうしてウルドの村は老人と子どものみの、そして食料に困窮する集落になってしまったのだ。

「その後にも悪いことは続きました……」

リーシャは悲痛な声で話をつづける。

領主がこの辺境を見捨てたことが噂になり、山賊たちが近隣に出没するようになったのだ。街までの街道に出没して行商人が立ち寄らなくなり、村は経済的に孤立してしまう。

「塩などの生活必需品は、行商人に頼る比率が大きくて……」

村から街へ買い出しに行く案もでた。だが頼りになる大人は皆無であり、山賊に襲われたらひとたまりもない。

「何よりも一番の問題は。食糧難でした……」

備蓄していた食料と家畜は、領主軍が徴収してしまった。それで危険を冒してまで、リーシャが森へ狩りに行ったのだ。

◇

◇

「村の話はここまでになります……」

リーシャの悲痛な説明が終わる。村はかなり理不尽で不幸な状況下にある。

「なるほど、それは厳しい状況だ」

彼女の話を聞き、この村がおかれている状況が理解できた。異世界から来たオレから見ても、かなり危機な状況である。

この村にはとにかく活気がなく、空気は沈んでいる。空腹で道端に座り込んでいる村人たちの目に、希望の光はない。見ているだけで胸が苦しくなる光景である。

「湖の川魚と野草で今のところ生き延びていますが、冬が来たら村は……」

村の光景を見つめ、思わずリーシャは暗い顔になる。先ほどまで元気な表情だったが、無理をしていたのであろう。

露出した首や腕を見ると彼女も全体的にやせている。このくらいの年頃なら、もう少し膨らみがあってもおかしくない。おそらくは村長の孫娘として、かなり我慢をしているのであろう。

「グチを言って申しわけありませんでした。さあ、こちらがヤマトさまの宿になります。飲み水や厠《かわや》、薪《まき》に関しては自由にお使いください」

リーシャが案内してくれたのは、村外れの小さな平屋。板と土壁でできた古びた一軒家である。

「住む者がいない家なので、どうぞ自由にお使いください。何だったら……しばらく滞在しても大丈夫です」

「ひと晩だけで大丈夫だ」

「そうですか……何かあれば、村長の家に私はいますので」

少し寂しそうな表情でそう言い残し、リーシャは立ち去っていく。村長の孫娘として彼女もいろいろな村の仕事があるのだという。

◇　◇

少女リーシャが立ち去り、村外れの家屋でオレは一人になる。

「さて、どうしたものか」

周囲に誰もいないことを確認してつぶやく。受けた説明と観察で分かったことは、このウルドの村が本当に困窮しているということだ。

部外者である自分に対して、今のところ敵意はない。村長の孫娘であるリーシャの命を助けたことが、好印象だったのであろう。村長も何でも協力すると言っていた。

「まずは荷物の確認と管理。それから飯を作るとするか」

登山用の大型リュックを背中から降ろし、必要な道具の入れ替えを行う。長期登山の途中でオレは転移された。荷物の中にはテントやサバイバルグッズ・衣類・食料や水などが豊富にある。

だが、これらに依存して生活する考えはなかった。なにしろ文明度の低い異世界である。これから何週間、いや何年間をこの世界で過ごすことになるか想像もできない。

「補給を考えて、なるべく現地調達だな」

内心では死ぬまでこの世界で暮らす覚悟をしていた。そのためにできる限り、現世日本の道具機器に頼らないつもりだ。もちろん可能ならば日本に戻りたいが、その可能性はかなり低いであろう。なにしろ転移してきた原因や理論すら不明なのだ。

「最低限これだけあれば今日は大丈夫か」

必要最低限のサバイバル道具を予備の小リュックに移し替えて、持ち歩くことにする。万能調理器具であるナイフや小鍋、調味料、スプーン、ナイフの道具などだ。

「できればこれは人には使わずにいたいな」

念のために熊用催涙スプレーなどの、野外用の護身具も持ち歩いておく。これらは人に使うのはあまりにも危険な武器である。

「ふう……オレの身体の動きの確認を……」

スッと深呼吸をしてから、空中に蹴りを繰り出す。

続いて掌底打《しょうてい》ちとひじ打ちの連係。最後に腰のサバイバルナイフで止めを刺す、一連の動きを型として繰り返す。これは自称冒険家であった両親に、オレが幼いころから叩き込まれた実戦的な護身術である。

「やはり、身体の動きが恐ろしいほどキレている。日本にいた時の何倍も」

誰もいない空き家の広間で、一連の型を終えて改めて確信する。

明らかに自分の身体能力が向上しているのだ。筋力や瞬発力をはじめ、動体視力や五感の全てが遥かに向上している。

「ビック・ラビットを瞬時に倒せたのも、偶然ではなかったということか」

自分の思っていた通りの動きを、完璧にトレースできることに驚く。これは歴戦の武道の達人でも到達できない境地であろう。

「やはり異世界転移の影響で、身体が強化されているのか」

見知らぬ世界での身体の向上は嬉しい誤算だが、楽観視はできない。なにしろここは未知の凶暴な獣が闊歩する世界なのである。

◇

◇

（……ん？）

その時である。

オレは何かの気配を感じた。建物の外に複数の気配があるのだ。

オレは気配を消しながら、小窓から外の様子を確認する。

（数十人といったところか……）

鋭い目つきをした村人によって、いつの間にかオレは取り囲まれていた。

「おい、隠れているのは分かっている。出てこい」

建物の中から相手に向かって声をかける。

不気味ではあるが相手には殺気がなく、こちらから攻撃するわけにはいかない。もしかしたら何か事情があるのかもしれない。

だが自衛の武器を構えつつ、油断なく相手の出方を見る。

「ごめんなさい……驚かせるつもりは、なかったんだ……」

相手の代表者の言葉と共に、周囲からぞろぞろと人影が現れる。かなりの人数であるが、誰も武装していない。

（子ども……村の子どもたちか）

オレを包囲していたのは村の子どもたちだった。

年齢はバラバラで日本で喩《たと》えるなら下は幼稚園児から、上は小学生くらいまで。男女比は半々ほどだが、異国人である彼らに関して年齢は推測である。

（こうして見ると、ずいぶんとやせているな。栄養失調の寸前か）

近づいてくる子どもたちの様子に、オレは眉をひそめる。

民族衣装から伸びた彼らの手足は、驚くほどやせ細っていた。成長期で潤いがあるはずの肌もカサカサに乾いている。食糧難で満足に食事もできずにいるのであろう。

（だが……目は死んでいないな）

不思議なことに子どもたちの瞳は輝いていた。外に出たオレの姿を、キラキラした瞳でジッと見つめてくる。

「いったい何の用だ？」

周囲を警戒しつつ、先ほどのリーダー格の少年に尋ねる。雰囲気からしてコイツがまとめ役なのであろう。

「リーシャの姉ちゃんに聞いたんだ……ビック・ラビットを一瞬で倒した、凄い人が来たって！」

「そう、目にも留まらぬ短刀さばきで、凄かったって！」

「異国からの旅人だって、言ってた！」

最初の少年に続き、せきを切ったように子どもたちは口を開く。どうやら彼らは少女リーシャから、オレのことを聞いてきたのだ。

森で危険な目にあった彼女を助けた、腕利きの剣士のことを。不思議な格好をしていて、見た目も異国の風貌をした放浪の戦士のことを。

「残念ながらオレは剣士や戦士ではない……」

「ねえ、お兄さんは、どこの国から来たの!?」

「大山脈を越えて、西方から来たっていう噂だよ！」

「これからどこに旅していくの!?」

オレの説明も聞かずに、子どもたちはどんどん質問してくる。全く警戒をせずに、近寄ってきて次々と疑問を投げかけてくる。

キラキラと目を輝かせて、真っ直ぐにオレのことを見つめている。そこには作為などなく、本当に純粋に興味があるのであろう。


（この目は……よほど娯楽に飢えているのだろうな……）

彼らは聞きたいのだ。

閉鎖されたこの村では聞けない、異国のできごとや物語を。勇敢な戦士の旅してきた冒険譚《たん》を。

子どもたちの澄んだ瞳は、元の世界での旅を思い出させる。南米やユーラシア大陸にある、未開の村の子どもたちによく似ていた。


「おい、みんな待て！　兄ちゃんが困っているだろう！　ここに来た目的を忘れるな！」

「あっ、そうか！」

「おい、みんな出すんだ」

リーダー格の少年の大声に、子どもたちは何かを思い出し、我に返る。

年頃の何人かが懐のポケットに手を入れ、何やら取り出している。それをリーダー格の少年が集めて、オレの目の前に差し出してきた。

「これを兄ちゃんに渡そうと思って、みんなで来たんだ……」

少年が差し出してきたのは、木の実であった。

見たことのない品種であるがクルミに似ている。形状からおそらく、食料として食べる実なのであろう。

「この村の風習で、旅の人にはプレゼントを差し出すんだ。歓迎の証として！」

ウルドは山岳地帯にある辺境の村であり、ここを訪ねる者は数少ない。

だから訪れた旅人に対して、誠心誠意で歓迎の証を渡す。自分たちの持つ物で、最も価値ある物をあげて歓迎する。そう説明してくる。

「これはお前らの、貴重な食い物なんだろう？」

実のところオレは子どもの相手は、あまり得意ではない。精いっぱいの言葉で問いかける。

「うん……チビたちは、最近は何も食べられない……」

「そうか」

その返答から、食糧難は思っていた以上に深刻なことが分かった。

限りある食料は働き手に回されるのが効率的。村でもまだ動ける老人や身体が大きな子どもに、優先的に食わせているのだ。

「これをオレに渡したら、お前らの食料は減るぞ」

「うん、分かっている。でも、これは歓迎の証……なにより仲良くなりたい！」

「仲良く……だと？」

オレの問いかけに、少年は意外な言葉で答えてくる。その意味が分からず、思わず聞き返してしまう。

「お兄ちゃんと……『ウルド建国記』に出てくる英雄王みたいな、強くてたくましいお兄ちゃんと、少しでも仲良くなりたかったんだ！」

「あっ、ずるいぞ。オレも仲良くなりたいんだから！」

「わたしも！」

「僕も……」

子どもたちは我先に手と声をあげる。元気にオレの周りにどんどん群がってくる。

それは今まで経験したことのない、不思議な光景。子どもたちは誰もが飢えに苦しんでいるはずだった。

（だが輝いている……直視できないほど眩しく……）

この絶望の状況にあっても、全員の瞳が輝いていたのだ。それは、希望を信じて生きている表情だった。

「ああ……いいだろう。オレの故郷を旅した話をしてやろう」

群がる子どもたちをなだめて、オレは静かに語ることにした。オレの生まれ故郷である日本の、四季と緑豊かな田舎の暮らしを。

◇　◇

冬は厳しく、外を出歩くのも苦になるほどの豪雪地帯。

だが春には美しい桜の花が咲き乱れ、人々の心に希望を与える。普段は農作業で仕事に精を出しながらも、夏の祭りに皆で準備を行う。

短い夏祭を心の奥底から楽しんだ後は、いよいよ繁忙期だ。稲刈りや果物の収穫に誰もが忙しく働く。大人はもちろん子どもたちも総動員しての収穫作業。収穫祭を終えた後は、厳しい冬の準備を行う。

何の変哲もなく、毎年変わらない暮らし。だが風光明媚な風土や四季が、人々に希望を与えてくれる。

『厳しい季節の後には、必ず希望の花が咲く』

そんな自然への想いを子どもたちに語る。

「話はここで終わりだ。そろそろ暗くなる。気をつけて帰れ」

いつの間にか陽が沈みかけてきたので話を切り上げて解散させようとする。

「えっ……もっと聞きたいよ！」

「春に咲くサクラの花の話を、もう一回おねがい！」

「おい、お前ら！　お客さまを困らせるな！」

「うん……そうだよね。またね……」

聞き足りない子どもたちは、リーダー格の少年に叱られながら各々の家に戻っていく。本当はもっとオレの話を聞きたいのであろう。だがそれをぐっと我慢して、無言で帰路につく。

◇　　◇

そんな寂しげな子どもたちの背中を、オレは静かに見送る。

「さてと、晩飯にするか……」

いつの間にか日も暮れ、夕飯の時間となっていた。

燃料が貴重な状況では陽が沈む前に食事をとり、暗くなったら寝るのが普通である。アウトドアを趣味とするオレも、野外活動の時は早寝早起きのリズムだ。

「飯か……」

見知らぬ異世界に転移してきたオレだったが、今のところ食料は確保してある。

登山用の大型リュックには非常食の備蓄も十分。また森で狩ったビック・ラビットを血抜きして解体した生肉も、この部屋の中で保存していた。それ以外にも森の中で試しに採取した山菜、キノコ、香草などもある。

特に生肉は最優先で食する必要がある。自前の調理器具もあるので、香草で焼いて食べるのもいいであろう。


「歓迎の証の、木の実か……」

だがオレは手に持つ木の実に視線を向ける。

クルミに似た実であり、先ほど村の子どもたちから貰ったものだ。彼らが自分たちの取り分を減らしてまでくれた、親愛の贈り物。


（子どもの相手か……）

オレは小さな子どもが苦手であった。

正確に説明するならば子どもたちの方が、オレのことを苦手とするのだ。

それは日本にいた時の経験からの話。近所にいた幼稚園児や小学生は、自分を見ただけでギョッとした顔になった。オレも一生懸命に笑顔をふりまく努力はしてきた。

だが頑張れば頑張るほど状況は悪化。最終的には泣き出す子どもまで出始める始末だった。

そんな経験もあり、オレは子どもが苦手であった。理由は分からないが、拒絶され続けた悲しみはトラウマとして刻まれているのかもしれない。

「だが、この村の子どもたちは、笑顔だったな」

ウルドの村は決して豊かではない。不幸が続き、明日の食事にすら困窮している貧しい状況。だが先ほどの子どもたちは誰もが、オレに笑顔を見せてくれた。

他愛もないオレの故郷の話を、まるで壮大な英雄譚でも聞くように目を輝かせていた。そして明日になれば村を去るオレに、もっと聞きたいという言葉を我慢していた。

初めて見る子どもたちの笑顔と、オレとの別れを惜しむ表情が忘れられない。

「寝床に……この食い物か……」

そうつぶやきオレは決意する。

手に持っていた実を口の中に入れて食する。先ほどの子どもたちの笑顔を思い出しながら、何回もかみしめる。

「ぜんぜん腹の足しにならないな、これっぽっちだと……」

あっという間に木の実はなくなってしまう。だ液と共に腹に流し込んでも、満腹感は一切得られない。

だが、これが今の村の主な食事の現状。

「さて、寝るとするか。明日は朝から、忙しくなる」

今宵の夕食の時間は終わりである。

携帯食やビック・ラビットの肉には一切手を付けず、オレは木の実だけを食して床につく。

「これで〝一宿一飯《いっしゅくいっぱん》の恩〟だな……」

自分の家の家訓をつぶやく。

これは幼いころに親から教わった、絶対的な我が家の教え。

もしも自分が困った時、ひと晩の寝床と食事をご馳走になった相手には、一生をかけて恩返しをしなくてはいけない。そんな古めかしい家訓である。

「まったくオレも甘ちゃんだな……」

だがオレはこれまで絶対に家訓を破ったことはない。

そんな自分自身に苦笑いをして、深い眠りに入る。

第二章　働かざる者食うべからず

　ウルドの村外れの借り家で、陽が昇る前にオレは目を覚ましていた。

　異世界で迎える初めての朝であるが身体に異常はなく、昨日に引き続きむしろ調子はいい。


「よし、我ながら、いい味付けだ」

　こんがりと焼けたモモ肉をナイフで切り落とし、朝食の味見をする。

　今朝の食事は大兎《ビック・ラビット》の肉の香草焼きと、鍋で煮込んだ森の幸のスープの二品。隣接する森から採取した山菜やキノコ、穀物を煮込んだスープを盛り付けて、自分の食事の準備を終える。

「こうして見ると贅沢な朝食だな」

　昨晩に寝床を借りた村外れの平屋で、オレは早起きして朝食を作っていた。平屋の裏が野外型の炊事場になっている。

　村長の孫娘リーシャに教えられた小川で水をくみ、用意してあった薪で窯を組む。食糧難の村だが湖と森に接しており、水と燃料は豊富だ。

「それにしても野性味あふれる、いい香りだな」

野生の大兎《ビック・ラビット》のモモ肉から、香辛料と肉汁の焼けた香ばしい匂いが鼻孔を刺激する。ウサギ肉の何倍もジューシーで、実に美味《うま》そうだ。

スープもダシがよく出ており、何とも言えない香り。濃い森の栄養分が大地からキノコや山菜に染み込んでいるのであろう。

湖からの朝風にのり、朝食の香りが周囲に広がっていく。食事の準備もこれで完了である。


「さて、いただくとするか。だがその前に……」

食事の席につく前に、オレは視線を周囲に向ける。

「お前たちも、そろそろ姿を出したらどうだ？」

周囲の物陰にいる人影に向かって声をかける。香ばしい調理の香りに釣られて、いつの間にか数人の人影が集まっていたのである。

「ごめんなさい、兄ちゃん……」

「あまりにも美味そうな匂いがしたから……」

「ごくり……」

隠れて見ていたのは村の子どもたちであった。昨日オレに話しかけてきた、少年少女たちのうちの年長組の何人かである。

「もう来ちゃダメだって、分かっていたんだけど……ごめんなさい、つい……」

子どもたちは正直に謝ってくる。

客人であるオレに不用意に近づくなと、あの後に村長から厳命でもされていたのだろう。それにも拘らず、彼らは香りに釣られて空腹に耐え切れず来てしまったのだ。

「謝る必要はない。お前たちを待っていた」

できる限りの笑みを浮かべて、オレは子どもたちに説明する。

空腹であるお前たちをおびき寄せるために、あえて香ばしい料理を作っていたと。

「えっ!?　……それってどういうこと……」

「なんで、そんなことを……？」

子どもたちはオレの真意が分からず、首を傾げている。

「さて、この中で獣肉の解体ができるヤツはいるか？」

だがオレは構わず質問する。この先の調理は量が多くなるから、人手がいるのだ。

「うん、そのくらいなら……」

「僕もできます」

「よし、なら手伝え」

体格のいい数人の子どもが名乗り出る。

彼らには残りのビック・ラビットの肉の解体をやらせる。食べやすいように、ひと口大に切り分けるように指示する。

「次は、家に大きな鍋があるヤツは、ここに持ってこい。残りの者は水くみと薪の準備だ」

「えっ……うん！」

「あと、ここにいない子どもたちも呼んでこい」

「みんなを……うん、わかった！」

子どもたちは、オレの突然の指示を不思議に思いながらも素直にうなずく。

いったい何が起こるかは理解していない様子。だが直感で何かを感じ取った彼らは、オレの指示に従っていく。

◇　◇

しばらくして料理が完成した。

かき集めた数個の大鍋では、ぐつぐつと料理が音を立てている。

「よし、いい味だ。みんな集まれ」

出来上がった大鍋を前にして、オレは子どもたちに声をかける。ほぼ村中の子どもたち全員が勢揃いしていた。

更に何事かと心配になった、村長の孫娘リーシャも場に駆けつけている。

「ヤマトさま……これはいったい……」

リーシャは首を傾げて尋ねてくる。

なにしろ大鍋の中身はかなりの量。数匹のビック・ラビットを子どもたちと一緒に解体、大鍋で山菜やキノコと一緒に煮込んでいたのだから。

これほどの量をどうするつもりなのか、彼女も気になっているのだ。

「これは五目鍋だ」

「ごもく鍋……ですか……」

これはオレが両親に、野外でよく作ってもらった煮込み料理である。食材からダシが十分に出ており簡単で美味く、しかも腹持ちがいい。

「よし、次は全員に盛り付けだ。みんな手伝え」

ヨダレを垂らしながら、大鍋を凝視する子どもたちに声をかける。時間が惜しいので、早く朝飯の準備をしろと指示する。

「えっ……僕たちの……？」

「でも、これは兄ちゃんの食べ物なのに……」

子どもたちは驚いていた。

なぜなら食糧難のこの状況で旅人が食料を配給するなど、誰も考えていなかったからだ。

「いいから早くしろ」

「うん、わかった！　ヤマト兄ちゃん！」

「おい、熱いから、チビたちの分から盛り付けていくぞ！」

事前に村中からかき集めた深めの木皿に、どんどん料理をとり分けていく。

大型のビック・ラビットの肉は、かなりのボリュームがある。森の幸や穀物も汁を吸って膨らんでおり、量は十分あるであろう。

「あと、これはリーシャさんの分だ」

「えっ、私の……」

「その身体だと、無理して我慢しているのだろう」

「はい……本当にありがとうございます、ヤマトさま……」

人一倍我慢していたリーシャにも、オレは料理の入った木皿を手渡す。


全員の協力もあり、食事の準備はあっという間に終わる。

「よし、みんな。食う前に聞け」

オレはなるべく丁寧な言葉で、ゆっくりと語りかける。

子どもたちは両手で大事そうに料理の木皿を持ち、オレの言葉に真剣に耳を傾けている。

「この村は食べるものに困っているな?」

「うん……」

「辛い毎日……」

オレの問いかけに子どもたちはコクリとうなずく。悪い領主に両親と共に食料を徴収されて、貧困に苦しんでいると答える。

「その飯を食べたら、確かに今日の腹はふくれる。だが明日にはもうなくなる」

食事を前に我慢強く待っている子どもたちに、静かに語りかける。

ビック・ラビットは大きな獣だが大人数で食べたら、あっという間になくなる。節約して食べても今日一日が限界であろう。

「もうすぐ厳しい冬もやってくる。その時は、どうする？　寒さに震えながら、飢え死にするつもりか？」

幼い子らには厳しい言葉かもしれないが、これは現実である。ひと晩過ごして分かったことだが、この村が置かれている状況はかなり厳しい。

しばらくの間なら湖の川魚や山野草を食べて、生き延びてゆくことも可能であろう。だが穀物や干し肉などの保存食を徴収されており、この後に訪れる厳冬を乗り切るのは厳しい。

「オレたちは死にたくないよ……」

「もっと生きてたいよ……」

幼いながらも、子どもたちもその現実に気がついていたのであろう。下を向いて暗い表情で、すすり泣きする者さえ出始める。

日本の年齢で言ったら、まだ小学生以下の少年少女たち。誰もが自分の明るい未来を夢見て、もっと生きていたいと思っている年頃のはずだ。

「生き延びたいか？　それならオレが生きる術を、お前たちに教える」

「えっ……？」

「でも、お兄ちゃんは旅人だから、すぐに村を離れるって……」

オレのまさかの言葉に、誰もが驚きの声をあげる。普通に考えたなら、滅びに向かうこの村に残るメリットは何もないからだ。

「ああ、しばらくの間は面倒をみてやる。ただし〝働かざるもの食うべからず〟だ」

「働かざる……?」

「飯を食い、生き残りたければ働け……という意味だ。その覚悟がある者だけ、この鍋を食べてもいい」

オレは日本のことわざを引用して、この場にいる全員に問いかける。

たとえ小さな子どもでも、生き残るために必ず仕事に従事してもらうと。大人がいないために、きつく命がけの仕事もあるであろう。

それでも本当にお前たちは、生き残りたいと誓えるのか。仲間と弱者を助けて命がけで生きる覚悟があるかと問いかける。

「…………」

「…………」

厳しすぎるオレの問いかけに、誰もが口を閉ざし即答できない。

「……僕は仕事をやります!」

「おれもやる!」

「わたしも！」

だが一瞬の間をおき、子どもたちの声が次々とあがる。その声はこの場にいた全員に広がり、一つの意志の響きとなる。もはや下を向いている者はおらず、誰もが瞳を輝かせ前を見ていた。

「オレの指導は厳しいぞ」

「大丈夫！　僕たち頑張る！」

「何もしないで死ぬより、苦しくても生きる方がいい！」

オレの厳しい確認に対しても、子どもたちの意志は固い。生きて食事を口にすることができるのなら、何でも頑張ると宣言している。


「わかった。なら〝いただきます〟をしてから食べるぞ」

「いただきます？　……うん、分かった！　いただきます！」

「いただきます！」

「わたしもいただきます！」

日本独特の食事の感謝の言葉を真似して、子どもたちは次々と挨拶をして食事を始める。よほど腹が減っていたのであろう。誰もががっつくように食べている。

「ちゃんとかんで食え。胃が驚いて吐くぞ」

まともな食事をしていないと、突然食べ物を口に入れても胃が小さくなって消化できない。鍋料理は柔らかく煮込んで消化もいいが、最低でも三十回はかんでから飲み込ませる。

「ヤマト兄ちゃん、オレたち十までしか数えられないよ」

「なら十を三回数えろ。それで三十になる」

「おお!?　なるほど！　うん、わかった！」

子どもたちは素直だ。

オレの指示をちゃんと守り、よくかんでから飲み込む。これは消化をよくするだけではなく、満腹感もあり一石二鳥の効果だ。

「ヤマトさまは、算学にも通じているのですね……」

「たいしたことではない」

これまで口を閉ざし、事態を見守っていた少女リーシャが口を開く。村では簡単な掛け算も普及していないのか、オレの計算に驚いていた。

「ところでリーシャさんは今日も、森へ狩りに行くのか？」

「はい、私は狩人なので……」

「それならオレが指示する物を用意しておいてくれ」

「はい、それくらいならあります」

オレの指示する物品内容に、リーシャは素直にうなずく。今の村には空き家や放置された備品が多く、道具には困らない。

「でも、待ってください……ということは、ヤマトさまは村に滞在していただけるのですか？」

先ほどの子どもたちとのやり取りから、そして用意を頼んだ内容から、リーシャはオレが長期に亘り村に滞在することを察する。

「少しの間だけ世話になる。問題はないか？」

「はい！　もちろん大歓迎です！　私も手伝わせていただきます」

オレの答えに、彼女は涙を流しながら笑みを浮かべる。

これまで我慢して生活してきたのであろう。村長の孫娘として孤軍奮闘していた重圧が、目に見えて軽くなっていた。

十分な食事を口にしたお蔭で、昨日よりも明るい表情。年頃の少女に相応《ふさわ》しい純粋で美しい笑みだ。これが彼女の本来の表情なのであろう。


「おい、お前たち。そろそろ仕事に行くぞ」

「うん、わかった、ヤマト兄ちゃん！」

「今食べ終わるから！」

「仕事、頑張る！」

大鍋に夜の分の料理を残して、朝食は終わりとなる。久しぶりに満腹になった子どもたちは、お腹を抱えながら笑顔を見せていた。


（一宿一飯の恩……か。村の問題が解決するまで、少し手伝ってやるか……）

昨夜、子どもたちの木の実を口にした時から、心の中でオレはそう決めていた。

当初は一泊だけこの村に泊まり、すぐに近くの大きな街に移り住む予定だった。だがその考えを少しだけ修正することにした。

（少しの間か……）

この異世界から現世に戻れるとは限らない。おそらくは長い人生の旅になるであろう。ならばその少しの間、この村に居残っても問題はない。

（やれやれ、解決するのは、いつになることやら……）

内心で苦笑しながら、オレも木皿の美味い食事を口にするのであった。

第三章　現代知識と内政

村の子どもたちとの決意の朝食を終えて、オレはいよいよ村の改革を実行する。

まずはリーシャと共に村長の下を訪れ、子どもたちに関しての了承を得る。リーシャの説得のお蔭もあり、村長は協力的であった。村長も現状を何とか打破したいと思っていたのだ。


「さて、まずは森に行くぞ」

次に子どもたちを率いて、オレは昨日の森の中に入っていく。獣道を歩くこと数十分、木々が開けた水辺にたどり着く。

「よし。これを刈り取って、台車に積み込め。食料にする」

水辺の植物を前に、オレは子どもたちに指示をだす。金色の穀物を実らせた植物が、辺り一面に群生していた。

「ヤマト兄ちゃん、これは〝悪魔の実〟だよ！　食べられないよ……」

子どもたちのリーダー格である少年ガッツが、目の前の植物を指さして進言してくる。これは実をつけている穀物であるが、食べられないと説明してくる。

「ヤマトさま、ガッツの言う通りです。これは〝イナホン〟といって、食べてはいけない実なのです」

同行している少女リーシャが補足してくる。

この植物は昔から森の水辺に生息して実をつけるが、猛毒で食べることができないと。村長の孫娘としてリーシャは多くの知識をもっていた。

「なるほど、これは〝イナホン〟というのか。ところで、この中で体調が悪い者はいるか？」

「えっ、みんな元気だよ、ヤマト兄ちゃん！」

「あの鍋を腹いっぱい食べてきたからね！」

「むしろ元気！」

オレの突然の質問に、子どもたちは元気に答える。昨夜よりも顔色がよく、目にも生気が宿っていた。

成長期である彼らは食事さえ口にしたら、体力はすぐに回復するのであろう。

「それが答えだ。これは毒をもった穀物ではない」

混乱が起きないようにオレは説明する。

みんなで作った鍋の中に、オレは密かにイナホンの実を一緒に入れて煮込んでいたことを。もちろん事前に毒味をしていたということも。大鍋に入っていた柔らかく美味しい穀物が、実はイナホンであったと説明する。

「えっ!?　あの鍋に入っていたモチモチした粒が……」

「あれ凄く美味しかったよね！　もっと食べたい！」

「なんだ！　イナホンはぜんぜん悪魔の実じゃなかったんだ！」

オレの説明に子どもたちが納得してくれた。純粋な彼らは自分の実体験で、これまでが間違った迷信だったと判断したのだ。

こんな時は頭の固い大人よりも、柔軟な子どもの方が理解が早くて助かる。余計な固定観念がない分だけ、のみ込みが早くしかも貪欲なのだ。

「ヤマトさま、それで昨日はこのイナホンの実を調べていたのですね……」

突然のことに驚いていたリーシャも納得してくれた。彼女も食事をして悪影響がなかったことで信じてくれたのだ。

悪魔の実が腹持ちのいい穀物だった。偶然の博打みたいな都合のいい話である。だがオレには確信があったのだ。


（まさか異世界で米によく似た穀物に出合うとはな……）

目の前に広がる天然の〝水田〟を見つめながら、そうオレは感慨にふける。そう〝イナホン〟とはなんと〝稲〟であり、その実はなんと〝米〟だったのだ。

〝異世界に米が自生していた〟

昨日リーシャと村に向かう途中、この天然の水田を見つけたオレは内心で驚いた。なにしろ異世界の森の中で、いきなり現代日本に類似する光景があったのだから。

だが似ているだけで別の穀物の可能性もあった。だから密かに実を採取して毒味をしていた。

「よし、理解したところで仕事を開始する。お前たちだけでイナホンを全部刈り取ってもらう」

リーシャに用意してもらった麦刈り用の鎌《かま》で、オレは実演しながら説明する。

イナホンの根元を刈り取り、何本かまとめて結んでいく稲刈り作業。日本の祖母の田舎で幼いころから手伝っていた稲刈りの経験が、思わぬところで役に立っていた。

「えっ!?　こんなに沢山のイナホンを、オレたちだけで!?」

「無理だよ、ヤマト兄ちゃん！」

オレの指示に子どもたちは悲鳴をあげる。

それもそのはず、目の前の天然の水田は、かなりの広さがある。身体の小さな子どもたちの手作業では、いったい何日かかるか見当もつかない重労働だ。

「今朝の誓いを忘れたのか、お前たち？　これを成し遂げた者には、飯を腹いっぱい食う権利をやる」

「えっ!?　オレ頑張るよ！」

「僕もやる！」

「わたしも！」

オレの言葉をエサに、子どもたちは興奮して次々と名乗り出る。そして号令をかける間もなく、我先にとイナホン刈りを始める。オレは何回か実演しながら、稲刈りのコツを指導する。

「あれ、なんか、けっこう簡単だね！」

「おー、凄い切れ味だよ、これ！」

村にあった麦刈り用の鎌の数は十分あり、刃先もオレが研いで鋭く直しておいた。道具があり切れ味さえよければ、子どもでもイナホン刈りはできるであろう。

「今日で終わらなかった分は、明日以降もやるから無理はするな。必ず休憩をしながら作業しろ」

稲刈りの農作業は想像以上に体力を消費する。疲れて怪我でもされたら困るので、適度な時間休憩を指示しておく。

◇　　◇

イナホン刈りの指示も終わり、次の作業へ移行する。

「お前……クロエは絵を描くのが得意だったたな？」

「は、はい！　わたしにはそれしか取り柄がないですが……」

ここに来る前に子どもたちから得意不得意を聞いて、班分けをしていた。

この気弱な少女クロエは絵を描くのが得意だという。親が村の工芸品の絵付け職人で、手伝っていた彼女も手先が器用で絵が上手だ。

この世界において紙は高級品であり、クロエはいつも木板に炭ペンで絵や字を描いていたという。

「よし、それならこのノートにイナホン刈りと、今後の村の様子を描いていけ」

「えっ……これは白い紙ですか!?　はい、わかりました、ヤマト兄《にい》さま……うわっ、本当にこれは描きやすいです！　こんな凄い物がこの世の中にあるなんて……」

絵描きが得意な少女クロエは、オレの貸したノートと鉛筆に感動していた。

登山リュックに入れていたこの筆記用具は、記録用にクロエに与えることにする。目的は村の記録を後世に伝えるためだ。

ウルドの村内の荒れた麦畑も、来年以降は水田に開墾する計画をしていた。そのために稲刈りや他の工程を、正確に記録しておく必要がある。

「凄いです……こんなにキレイに描けるなんて……」

「要点だけの記録を頼むぞ」

「はい、ヤマト兄さま！」

クロエは身体が小さく力仕事には向かないが、頭のいい子である。大事な要点をちゃんとまとめて記入している。これなら記録係りを一任してもひと安心であろう。

◇　◇

クロエの指示を終えて、オレは次の班のところへ向かう。イナホン刈りの様子を、暇そうに見ている班である。

「さて待たせたな。次はお前たちに仕事を与える」

「おっ、待ってました！」

「ヤマト兄ちゃん、オレたちは何を？」

「なんでも頑張ります！」

この班は身体が大きく積極的な子どもが多い。こちらも事前に得意不得意と体格で選別していた。

「お前たちには〝獣の狩り〟をしてもらう。これは一番重要で危険な仕事だ」

「えっ、狩り……!?」

「僕たちは弓をまだ使えないよ……」

オレの指示に誰もが驚き声をあげる。

なにしろ森の獣は危険である。大人でも手こずる大兎《ビック・ラビット》をはじめ、危険な獣が多く棲息《せいそく》しているのだ。ゆえに大人たちがいなくなってからは、うかつに森に入れなかったのだ。

「大丈夫だ。お前たちだけでビック・ラビットを倒す方法を教えてやる」

半信半疑で腰が引けている子どもたちに、オレはビック・ラビットを仕留める指導を始めるのであった。

◇　　◇

それからしばらくして、ビック・ラビット狩りの実戦指導は終了する。

「おお、これはすごいぜ！」

「本当に僕たちだけで、ビック・ラビットを倒せたね！」

自ら倒したビック・ラビットの死体を目の前にして、子どもたちは興奮していた。まさか本当に自分たちの力だけで倒せるとは、夢にも思っていなかったのだ。

この成果は偶然ではなく、ちゃんとした理由があった。それはオレが貸し出した弓の性能で危険な獣を狩れたのだ。

「ヤマトさま、その弓……弩《クロスボウ》は本当に凄いですね」

村長の孫娘である少女リーシャは、子どもたちが使った弓の凄まじい威力に驚いている。


そう……対ビック・ラビット用の狩りの道具で用意したのは、オレが現代日本から持ってきたクロスボウであった。

（オレが趣味で作った物が、まさか異世界で役に立つとはな……）

このクロスボウは登山用の大型リュックサックに入れてあった物だ。組み立て分解式でコンパクトに持ち歩くことができる、オレのお手製である。

アウトドア好きなオレは、世界各国の昔の武器にも興味があった。その中でも弩《いしゆみ》ことクロスボウは特にお気にいりで、試行錯誤しながら何回も製作している。

今回の狩りに使った物は、その中でも最終形態ともいえる自信作である。材料は当時に合わせて金属や木だけで作った、原始的な見た目の弓であった。

「本当にクロスボウは凄いですね、ヤマトさま。村にも弩はありますが、これほどの威力はありません。それに大の大人でも引くことは難しく、使い手を選びます」

「ああ、普通はそうだろうな」

狩人である彼女は長弓の使い手である。このオレのクロスボウのケタ違いの性能に、気がついているのであろう。

（確かにクロスボウの威力は凄いが、欠点もある。だからこの異世界では普及・発展していないのであろう……）

射出に鍛錬と特殊な技術を要する弓とは違い、クロスボウは引き金一つで誰でも簡単に発射できる。

だが欠点も多い。まず巻き上げに力と時間がかかり連射ができない。また複雑な製造過程で難点が多いのだ。それゆえに地球の歴史では、他の武器に取って代わられ歴史から姿を消していた。

（だがオレの作ったクロスボウは、最先端の人間工学や力学を応用した自信作だ……）

このクロスボウはそんな欠点の多くを解決しており、子どもでも扱えるほど高性能だった。

「よし、またビック・ラビットを倒したよ！　ヤマト兄ちゃん！」

「油断はするな。矢の装填《そうてん》をもっと早くだ」

「うん！　わかった！」

子どもたちは新たなるビック・ラビットを仕留めていた。

水鉄砲のように狙いをつけて引き金を引くだけで、もの凄い勢いで矢が発射され、ビック・ラビットを軽々と倒していく。

クロスボウの原理は原始的であるが、破壊力は凄まじい。剛毛で刃物が通じにくいビック・ラビットを、一撃で絶命させる。狙いも縁日の射的感覚で、簡単に当てることが可能だ。

（まったく我ながら、恐ろしい武器を作ってしまったものだ……）

自作ながら内心で驚愕する。このクロスボウは今回が初の実戦であり、それまで実戦で使ったことはなかった。


「このクロスボウがあれば、食料や毛皮の確保が容易になりますね、ヤマトさま」

「ああ、そうだな」

狩人の少女リーシャは目を輝かせて喜んでいる。最近は自分一人で危険を冒していた狩りの効率が、はるかに向上すると考えているのだ。

（だが問題はクロスボウが一個しかないことだ。材料は木材と金属と弦《げん》。オレが原理を教えてやれば、この世界でも生産はできそうだが……）

原理さえ分かれば、このクロスボウを作るのはそれほど難しくない。なにしろ弩は紀元前の地球からあったくらいだ。

オレのクロスボウは性能を高めるために、テコの原理や力学を応用して弓を引く型である。その金属製の部分の仕組みだけが、やや複雑だ。

この時代の鍛冶職人の技術がどの程度なのか、クロスボウ量産計画の命運はそれにかかっている。


「そういえばリーシャさん、ウルドの村には鍛冶師はいないのか？」

隣にいた少女リーシャに尋ねる。

村には子どもたちの他には老人しかいない。もしかしたら、その中に鍛冶職人がいるかもしれない。あれほどの規模の村なら、多少なりとも職人はいるはずだ。

「鍛冶師の方なら、湖畔の向こうの村外れに住んでいます」

「そうか。その者はクロスボウを真似して、作れそうか？」

「はい、可能だと思います。なにしろその方は山穴族《やまあな》の老人なので……」

「山穴族……だと？」

少女リーシャは説明してくれる。

山穴族は生まれながらに手先が器用な、〝鉄と火の神〟に愛された少数種族である。多くの者は優れた鍛冶職人や鉱山師として、大陸各地で生活している。その老鍛冶師がウルドにも住んでいるのだ。

「ほう、それならば期待はできるな」

「はい、腕は保証できます。ですが彼らは頑固者で、独特の価値観で仕事を判断します……」

リーシャは説明の最後の言葉を濁す。これには何か事情があるのであろう。おそらくはその「価値観」が、問題なのであろう。

とりあえずイナホン収穫とビック・ラビット狩りが落ち着いてから確かめてみる。その後にでも、山穴族の老鍛冶師を訪ねることにした。

「よし、次のビック・ラビットの群れを狙いに行く。しばらくは慣れるだけでいい。〝心構え〟を絶対に忘れるな」

クロスボウの破壊力に興奮している子どもたちに声をかける。安易に使える武器であるだけに、心構えには細心の注意を払わせていた。

「〝しん・ぎ・たい〟だね！　ヤマト兄ちゃん！」

「しんぎたい！」

「ああ、そうだ。心をまず鍛えて、技と体は次だぞ」

子どもたちに心技体の教えを復唱させる。どんな便利な道具でも、使う者によっては危険な破壊兵器になってしまう。

心技体……日本の武道のこの教えを基礎に、オレは子どもたちの心構えから鍛えていくつもりだ。

ありがたいことにウルドの民は、純粋で真っ直ぐな性根をもった民族である。それは旅人であるオレに、貴重な食料である木の実をプレゼントしてくれたことからも分かる。

（それにしてもウルドの民は、狩猟に優れているのか？）

言葉には出さないが、オレは内心で驚いていた。初回である今日は、クロスボウの試射の予定であった。だが子どもたちは軽く練習させただけで、いとも簡単に素早いビック・ラビットに矢を当てている。オレもナイフで待機をしているが、無用の心配で終わっていた。

「よし、オレも倒したよ！」

「ずるい！　次は僕なんだから！」

もしかしたら距離感や身体能力に、秀でている民族なのかもしれない。そうでなければ小学生くらいの少年少女が、こうも簡単に狩りはできない。

このまま順調に経験を積んでいけば、腕利きの狩人集団が誕生するであろう。嬉しいような末恐ろしいような子どもたちである。

（やれやれ……これは教えがいがあるな）

オレはあまり子どもの相手は得意ではない。日本にいた時もなるべく避けてきた。

だが教えた技術を真綿のように吸収している、彼らの成長ぶりにオレは高揚していた。もしかしたら教師という職業は、このような充実感があるのかもしれない。

「おいそこ、油断をするな」

「「うん、ヤマト兄ちゃん！」」

彼らの素直な返事が、オレの心に響く。

悪くないかもしれない響きだ。内心でそんな苦笑いをしながら、オレは新しい技術をどんどん教えていくのであった。

◇　　　◇

初めてイナホン刈りと獣狩りをした日から、数日経つ。

あの日からオレたちは連日、森の中へ入っていた。

「ヤマト兄ちゃん見て！　今日は昨日よりも多く収穫ができたよ！」

「ああ、そうだな」

森の中にある天然の水田でのイナホンの収穫は、順調に進んでいた。

「最初のころに比べて倍の時短か。お前たち、よく頑張ったな」

「ばい？」

「ああ、この台車二回分の多さということだ。つまり良いことだ」

「そっか、凄いな。オレたちは！」

「僕も頑張ったんだから！」

本日分の収穫作業を終えた子どもたちを、素直に褒めてやる。

褒める時はちゃんと言葉にすることで、子どもたちは大きく成長していく。だが、この言葉は世辞でもなく、本当に頑張っていた。

オレも体験したことがあるから分かるが、稲刈りは重労働だ。足元がぬかる水田の中での、長時間の中腰作業。力や特殊な技術はいらないが、根気と体力の勝負である。

「よし、このペースなら、あと数日で終わるな」

「明日の分もあっという間に終わらせるよ、ヤマト兄ちゃん！」

「そうそう！」

「そう急ぐ必要はない。残りの積み込みと、道具の片づけをしておけ。オレはあっちを見てくる」

イナホン刈りの班に指示をだし、獣狩りをしていた班へと向かう。


「お前たち、ビック・ラビットの解体には、だいぶ慣れてきたようだな」

「リーシャ姉ちゃんの教え方が、上手いからね！」

「そうそう、ヤマト兄ちゃんと違って、優しいからね！」

こちらの方もだいぶ順調に進んでいた。

この数日間のビック・ラビット狩りには、オレと少女リーシャが交代で同行していた。農作業であるイナホン刈りとは違い、獣の狩りは命がけである。クロスボウの量産のめどがつき、全員が慣れるまで守ってやるつもりだ。

「明日はまた、収穫と狩猟の班の入れ替えを行う」

「えー、オレはまた狩りの方がいいな！」

「僕もクロスボウを撃つ方が好き！」

「今後は何があるか分からないから、両方できるようにしておけ。そういえば、水田には面白い虫がいたぞ」

「えっ、虫が！　よし、オレは明日イナホン刈りを頑張るから！」

「虫は見つけた早い者勝ちだよ！」

子どもたちの扱いにも、オレは少しだけ慣れてきた。村長の孫娘リーシャから彼らの特性を聞いて、こうして実践していたのだ。

無理強いするのではなく、興味があるものを仕事のエサにするのだ。珍しい虫や花にキレイな小石など、意外な物を子どもたちは大喜びで集めていた。こういった部分は、現世日本の子どもと変わらないのかもしれない。


「ヤマトさま、今後は交代制で学ばせていくのですね？」

狩り班の面倒をみてくれたリーシャが、今後の方針について尋ねてくる。彼女は村長の孫娘ということもあり、ある程度の教養を身につけていた。最近ではリーシャと相談しながら活動している。

「専門的に鍛錬した方が効率はいい。だが将来を見据えて何事も経験だ」

「なるほど……さすがヤマトさまです！」

オレの説明に彼女も納得してくれた。

確かに身体の大きさや性格的な問題で、子どもたちにも得意不得意はある。

『決めつけが可能性を潰す。分かったか、山人《やまと》』

幼いころの自分の両親の言葉を思い出して、オレは教育方法に反映させていた。

小さいころは年齢や性別に関係なく、どんどんチャレンジさせた方がいい。それで思わぬ才能の開花があるかもしれない。大人の勝手な決めつけは良くないのだ。

（まあ、そのお蔭でガキだったオレは、未開のジャングル探検なんかに無理やり同行させられて、死ぬ思いをしたんだがな……）

自称冒険家である自分の両親は、どこか頭のネジが飛んでいた。当時の波乱万丈な経験を思い出し、オレは心の中で苦笑する。

「よし、そろそろ村に戻るぞ。残りは明日以降だ」

二つの班の子どもたちは、オレの号令に返事をして帰路につく。

刈り取ったイナホンは、村の荷台車に積んで持って帰る。この後は村内で稲と同じように乾燥作業だ。

ありがたいことに村長はオレの頼みに、積極的に協力してくれる。村にある道具と施設なら何でも貸してくれた。もちろん獣の肉やイナホンの穀物は、村で留守番してくれる老人たちと皆で食べている。

「ビック・ラビットの数も、かなり増えてきましたね、ヤマトさま」

「そうだな。冬用の保存の準備もしないとな」

狩ったビック・ラビットが乗った荷台車を見て、リーシャは感動している。

血抜きを終えた獣の肉が、整然と積まれた光景は圧巻。この数日間でビック・ラビット狩りも慣れてきていた。今日は二十匹以上もあり、貴重な食用と毛皮製品の材料となる。

「荷物と全員の点呼が終わったら、村へ出発するぞ」

森の天然水田は村から近い、比較的安全な場所にある。だが装備が少ない今は油断大敵、必ず大人数での移動を徹底していた。

◇

◇

「ヤマト兄ちゃん、大変だ！」

村に戻ろうとした、その時である。

隊列の最後部から、助けを求める声が聞こえてくる。何か事件でも起きたのであろうか。

「おい、どうした？」

オレは急いで最後部へと向かうのであった。

「ヤマト兄ちゃん！　大きな獣が出たんだ！」

「大きな獣だと？」

少年たちの指さす方には、巨大な獣の姿があった。興奮したその鼻息は荒く、今にもこちらの隊列に突撃してくる勢いである。

「リーシャさん、あれは？」

「あれは大猪《ワイルド・ボア》です……まさかこんな森の浅い所で……」

リーシャの説明によると、ワイルド・ボアはかなり危険な獣の一種だという。普段は森のもっと深い場所にいて、こんな場所に出没するのは珍しいということだ。

（現世でいう猪の獣版か……それにしてもデカいな）

日本の山岳地帯でオレが出会った野生の猪よりも、かなり大きい獣である。姿形はよく似ているが、口元からは鋭く変形した大きな牙が生えている。

「みんな下がれ。オレが狩る」

怯えていた子どもたちはリーシャに任せて、オレはワイルド・ボアの前に進んでいく。これだけの巨体の猪を、子どもたちの隊列に突撃させるわけにはいかない。

「こっちだ」

オレは足元の小石を投げつけ挑発する。意識をこちらに向けさせるためだ。

「ブヒィ!!」

投石されたワイルド・ボアは激怒の咆哮《ほうこう》をあげる。

「ほう、ずいぶんと頑丈だな」

身体能力の向上したオレの腕力で強めに投げつけたつもりだが、ワイルド・ボアはあまりダメージは受けていない。おそらくは全身を覆う剛毛と皮下脂肪が、打撃によるダメージを吸収しているのであろう。

「ヤマトさま、危険です！」

「ヤマト兄ちゃん、あぶないよ！」

後方に退避しているリーシャと子どもたちから、心配の声があがる。ワイルド・ボアは村の大人の狩人でも避ける、危険な獣なのだ。

「安心しろ。大丈夫だ」

だがオレは覚悟を決めていた。自分の力がどの程度まで通用するか、知りたかったのである。強化された身体能力と五感の向上率を、ギリギリの窮地で測りたかったのだ。


「ブルヒヒ!!」

「兄ちゃん、危ない！」

「ヤマトさま！」

咆哮と共にワイルド・ボアの巨体が、オレに向かって突進してきた。森の湿った大地を蹴り上げ、もの凄い勢いだ。

（やはり突進力は、かなりのもの）

猪類の最大の武器は、その突進である。巨体が数十キロの速度で、低い重心から鋭い牙と共に突撃してくる。

まともに食らったら足元の肉と骨はズタズタ。地球でも野生の熊を撃退するくらいに、猪は恐ろしい生物なのである。

「速くて重い……だが単調な動きだ！」

もの凄い勢いで突撃してきたワイルド・ボアを、オレは直前でヒラリと回避する。まるで闘牛士のような神業であるが、集中力を増した自分には難なく実行できた。

「はっ！」

回避と同時に身を低くしたオレは、愛用のサバイバルナイフを腰から振り抜く。

狙うはワイルド・ボアの剛毛に守られた喉元《のどもと》。どんなにタフな獣であっても、呼吸ができなければ長くは生きていられないはずだ。

「ブヒャー！」

サバイバルナイフの刃先が、ワイルド・ボアの喉を斬り裂く。現代日本の名匠に打ってもらったナイフは、刃こぼれ一つしていない。

「おお！　すげぇ!!」

「ヤマト兄ちゃん！」

「ヤマトさま！」

目にも留まらぬオレの一連の動きに、周囲から歓声があがる。近寄ろうとする子どもたちを、オレは手でもって制する。

呼吸器官を寸断されたワイルド・ボアは、苦しそうに激しく暴れ回る。

だが数分後には痙攣《けいれん》し、地面に倒れて絶命する。やはり異世界の大型の獣でも、呼吸ができなければ必ず絶命するのだ。

「ヤマトさま、大丈夫ですか!?」

「兄ちゃん、すげえ！」

オレの合図と共に、避難していた皆が駆け寄ってくる。

「大丈夫だ。このワイルド・ボアも血抜きして村に持って帰るぞ」

「うん、わかった！」

「よし、がんばろう！」

オレの指示に子どもたちは急ぎ従う。村の食料が大幅に増えて、大喜びで作業していく。もちろん一番の腕力を持つオレも、率先して作業する。

（咄嗟《とっさ》とはいえ、よくもやれたな……）

絶命しているワイルド・ボアを見ながら、改めて自分に対して驚く。

これだけの巨体と突進速度だと、その破壊力は想像もできない。村の家屋ですら、一撃で倒壊してしまうであろう。

だがオレは突進を紙一重で躱《かわ》しながら、喉元の一撃で斬り裂いた。日本にいたころの自分からは、想像もできない身体能力の向上である。

（もしや集中するほど、向上率が上がるのか？）

オレは超能力や異能の力など、信じないタチである。全ての現象には必ず理由があり、論理的に解明できると信じていた。

だがこの世界に来てから、その考えは大きく変わりつつある。ここは異世界であり、自分は超人的な力を授かっていることに気がついていた。

（だが油断は禁物だ……）

異世界にある辺境の村では、今後は何が起こるか想像もできない。食料確保を第一優先にして、油断なく行動していくことを誓う。


「ヤマト兄ちゃんは本当に強いよな！」

「信じられるか？　ナイフ一本で仕留めたんだぜ！」

「やっぱり『ウルド建国記』に出てくる英雄王よりも、強いんじゃない!?」

「さすがに、それは……いや、あるかもね！」

そんなオレの心配をよそに、子どもたちは大興奮していた。

血抜きを終えたワイルド・ボアを、みんなで協力して台車に乗せる。貴重な食料が手に入ったとはいえ、この重さを持って帰るのはかなりの重労働。嬉しい悲鳴である。

「ワイルド・ボアの身体は大きいが、動きは単純だ。将来的には、お前たちにもクロスボウで倒せるはずだ。覚悟しておけ」

「うん、わかった！」

「オレたちも頑張って、兄ちゃんみたいに強くなるんだ！」

「僕も強くなりたい！」

子どもたちは興奮していた。既にワイルド・ボアに対する恐怖心は消えている。オレの言葉を信じて、純粋に強くあろうと覚悟しているのだ。

「よし、村に戻るぞ」

予定外の大量の肉を得て興奮した子どもたちと、こうしてウルドの村に戻るのであった。

◇　◇

それから更に数日が経つ。イナホン刈りや狩猟も相変わらず順調に進んでいた。

「リーシャさん、山穴族の工房まで案内してくれ」

「わかりました、ヤマトさま」

クロスボウの量産を依頼するために、オレは鍛冶職人である山穴族の老人を訪ねることにした。

第四章　老鍛冶師

少女リーシャの案内で、オレは村外れにある鍛冶師の工房にやってきた。

「ここが山穴族の家か」

「はい、ヤマトさま。工房と隣接しています」

村と湖を挟んだ湖畔に山穴族の住まいはあった。家と工房が一体化した無骨な建物で、どことなく鉄の焼ける匂いがする。

「ずいぶんと玄関が小さいな、この家は」

「山穴族は成人しても、小柄な種族なのです」

「なるほどな」

リーシャの説明で何となく納得する。

おそらくはファンタジーの物語に出てくるような、小柄で骨太な種族なのであろう。

「ガトンさん、リーシャです。入ります」

村長の孫娘であるリーシャはノックもせずに、声をかけて勝手に扉を開ける。

小さいころからこの工房には、何度も来たことがあるという。ちなみにこの世界にはノックの習慣はなかった。ガトンというのが、この工房の主なのであろう。

「開いているぞ、勝手に入れ」

リーシャの呼びかけに、工房の奥から不愛想な返事が聞こえてくる。目的の人物がいたことに安《あん》堵《ど》する。

リーシャの案内で工房の奥へと進んでいく。室内は照明が焚《た》かれているが、やや薄暗い雰囲気である。

「ほう、これは凄いな」

視界に入ってきた工房の光景に、オレは思わず声をもらす。質素な建物の外見とは違い、工房の中は素晴らしく整っていたのだ。

炉《ろ》、鞴《ふいご》、金床《かなとこ》など、使い込まれた鍛冶道具の数々が目に入る。ここは異世界であるが鍛冶の道具の形状は、地球の物と類似していた。

「なるほど、これは面白いな」

そんな類似現象に対して、オレは感動していた。どんな環境下でも機能を追求していけば、道具は同じ進化をたどっていくのかもしれない。実に興味深い光景である。

「リーシャ嬢よ。なんだ、その男は？　見ない顔に、奇妙な格好じゃな」

工房の奥から老人が姿を現す。

身長は小柄だが樽のような体型で、かなりの筋肉質である。この者が山穴族の老鍛冶師ガトンなのであろう。工房内を眺めているオレの正体を、リーシャに尋ねる。

「この方は旅人ヤマトさまです。先日から村に住むことになりました」

「迷い人か？　それにしても、奇妙な格好じゃな。都の流行り衣装か、それは？」

ガトンの不愛想な言葉に、オレは自分の格好に視線を向ける。

改めて見ると、確かにこの世界には合わない奇妙な服装である。自分が着ているのは現代日本の衣類。麻や羊毛を編んだ服は、この村の衣装とは明らかに違う。

「迷い人……まあ、そんなところだ。ところで、あんたに頼みがある」

「ふん。新参者のくせに、随分と強引な男だな。ヤマトやら」

なるべく丁寧な言葉を選んだつもりだが、ガトンは明らかに自分を警戒している。

なにしろオレは怪しげな格好をした新参者だ。こうして村長の孫娘リーシャが同行していなければ、すぐにでも追い返されていたであろう。


（まあ、これも想定内の反応だが……）

リーシャの事前の話では、老鍛冶師ガトンは頑固者として村でも有名らしい。

村の大人たちが領主に連れ去られてからは、ガトンはますます人を拒んでいた。必要最低限の日用品の鍛冶仕事しか、受けてくれないという話だ。

「あんたは金属の関わるものなら、何でも作れると聞いて来た」

「ふん。誰に口を利いているのじゃ、この若造め！　極上の材料さえあれば、山穴族に……いや、このワシに作れない物はない！」

オレの軽い挑発に、ガトンは顔を真っ赤にして反応してくる。

（随分と自尊心が強いな……さすがは鍛冶極匠《アイアン・マイスター》か……）

リーシャの話ではこのガトンは、大陸でも三人しかいない〝鍛冶極匠《アイアン・マイスター》〟という最上位の称号を授与されていた。

つまりは数多《あまた》いる鍛冶職人の中でも、世界順位が三位以内という凄腕なのだ。

本人は栄誉や勲章には、まったく興味がない頑固者だという話。だが職人としての自尊心はかなり高い。

「なら、あんたはコレを作ることはできるか？」

オレは布袋から弩《クロスボウ》を取り出し、目の前のテーブルの上に置く。地球から持ってきたオレの自信作。今回の訪問の目的は、このクロスボウの量産の依頼である。

「これは……弩か？　随分と奇怪な……ふむ、ここは機械式か……」

驚いたことにガトンは一瞬で、クロスボウの仕組みを言い当ててきた。

オレの作ったクロスボウは、現代力学を応用した機械式の仕組みである。それをガトンは次々と見抜いてくるのだ。

（さすがは山穴族か……）

その眼力にオレは内心で驚愕する。明らかに別文明である、クロスボウの理論を見抜いた山穴族の凄さに。

（いや、このガトンという男が凄いのであろう）

この工房の使い込まれた道具を見た瞬間、オレは直感していた。この老鍛冶師がただ者ではないことを。

「百聞は一見にしかず。試射するから、そこで見ていてくれ」

ガトンに不用な金属板を用意してもらった。それを柱に立てかけて、実際にクロスボウの性能を見てもらうことにする。

「やはり、それは弓の弦を引く装置じゃったのか……しかし、なぜそんな複雑な金属の形を……そうか！　非力な者でも強力な弦を引くための装置か……しかも素早く……」

オレの準備する様子を見て、ガトンは次々とクロスボウの原理を言い当て興奮している。これによりクロスボウの機能は丸裸にされたにも等しい。

（それでこそ、ここに来た甲斐があったというものだ）

凝視してくるガトンの視線を頼もしくも思いながら、オレは発射の準備を終える。周囲の安全を確認して、矢先の狙いを柱にかけた金属板に向ける。

「おい、待つのじゃ、ヤマトとやら！　その距離では金属板に跳ね返って、危険だぞ！」

「いくぞ、見ておけ」

ガトンの制止の言葉を聞かずに、オレはクロスボウの引き金を引く。

テコの原理で強力に引かれた弓の反動が、一気に解放される。クロスボウ本体から、矢が凄まじい初速で発射される。

ガギン！

耳を塞ぎたくなるような激しい金属音が、工房内に響き渡る。初速数百キロ以上の矢が、金属板に接触したのだ。リーシャは不快な金属音に、思わず耳を塞ぐ。

「おお！　これは!?」

その光景にガトンは興奮の声をあげる。鍛冶師であるこの男は、激音など意に介していない。

「まさか、そんな小さな弓で、この金属板を貫通するとは……しかも後ろの柱ごと打ち抜いておるじゃと……」

クロスボウの試射は成功した。矢は見事に金属の板を貫くことに成功したのだ。

〝矢が金属の板を軽く貫通する〟

その信じられない光景に、ガトンとリーシャは目を丸くしている。まさかこれほどの威力だとは、二人は想像もしていなかったのだ。

「この村を生かし守るために、このクロスボウを量産して欲しい」

今回ここに来た目的を、オレは正直に話し依頼する。

森の獣の危険や貧困に苦しむ子どもたちを助け、自立する手助けをして欲しいと。何の駆け引きもなく、全てを正直に話す。

「見たところ材料は鉄と材木か。これなら材料もあるから、量産は可能じゃ」

鍛冶職人ガトンはオレの手からクロスボウを奪い取り、細かい部品を確認する。複雑な機械式の歯車の部分も、自分の腕なら問題ないという。

「だが対価はどうする？　オヌシ……ヤマトは何を支払ってくれるのじゃ？」

ガトンが交渉のテーブルについた。対価という単語に想いを込めている。

（これがリーシャの言っていた〝対価の要求〟か……）

山穴族は頑固な職人肌の種族で、金銭や名誉などには興味をもたない。たとえ王侯貴族が権力をかざして仕事の依頼をしても、彼らは引き受けてくれないのだ。

〝山穴族の職人が求めるは対価なり〟

その言葉にあるとおりに、彼らが依頼人に求めるのは対価であった。金銭や名誉ではなく、相手の〝心意気〟を見抜いて仕事の合否を判断するのだ。

（対価に心意気か……）

いよいよ、ここからが交渉の本番である。

山穴族の求めるに相応しい物を、オレは差し出さなくてはいけないのだ。村のみんなを生かし守るために、出し惜しみはできない。

「このナイフを対価として差し出す」

「ナイフじゃと？」

そう言い放ち、オレは腰から愛用のサバイバルナイフを抜く。目の前の木製のテーブルにトンと突き刺し、ガトンに差し出す。これがオレの対価であり覚悟である。

「おお、なんじゃ!?　この光沢のあるナイフは!?」

初めて見る素材のナイフに、ガトンの表情が大きく変わる。

先ほどのクロスボウの、何倍も興奮していた。山穴族にとって未知の金属は、何物にも勝るお宝なのである。

「ヤマトさま、いけません！　それはヤマトさまの大事なナイフです」

ひと呼吸遅れて、隣にいたリーシャが声をあげる。

このサバイバルナイフはオレのメイン武器であり、命の次に大事にしていたことを、彼女は知っていたからだ。

オレが大兎《ビック・ラビット》や大猪《ワイルド・ボア》を仕留めたのも、全てこのナイフでだった。これを手放すことで戦力が大きく低下することに、聡明な彼女は気がついたのだ。


「気にするな。これで村のみんなが生き残る確率が上がる」

これは客観的に見ても悪くない交換条件だった。

確かにこのサバイバルナイフは貴重な一振りである。自称冒険家であった両親から、祝いに貰った記念の銘刀。最新鍛造の技術と日本鍛冶の技術を融合し、伝説の日本刀の職人に作ってもらった最強ナイフだ。

だがこれは接近戦用の武器で、自分にしか使いこなせない。それに比べてクロスボウは、訓練すれば子どもでも使え、汎用性が高い。それを量産して訓練していけば、必ずこの村の将来の役に立つと、オレは計画し覚悟していた。

「ヤマト……このナイフの原材料や作り方を、お主は分かるのか？」

「すまないが鍛冶は専門じゃない。複数の金属を重ねて打った、とだけ聞いている」

サバイバルナイフに釘付けになっているガトンから、製造に関しての質問がくる。それに対してオレは曖昧に返事をする。

「確かにこの波紋は、そのようじゃな……しかしコレは凄い業物《わざもの》じゃな……」

「オレの国にも、あんたと同じくらい頑固な刀職人がいる。その人の傑作だ」

「なるほど……その職人に会ってみたいものじゃのう」

「すまない、たぶんそれは無理だ」

「そうか……」

舐めるようにナイフを観察するガトンの質問に、オレは分かる範囲で答える。

本当は原材料の金属を知っていたが、それは現代科学の結晶である合成金属。この文明度では決して精製できない素材だ。だから言葉を濁して伝えたのだ。

「分かった、この弩の製造を引き受けよう」

「ガトンさん！　ありがとうございます！」

頑固者のまさかの了承に、リーシャが喜びの声をあげる。今までのやり取りを見て、彼女は諦めかけていたのであろう。本当に嬉しそうである。

「じゃが、条件がある……」

オレの目を真っ直ぐ見つめ、ガトンは言葉を続けてくる。

「条件だと？」

「ワシの二人の孫も鍛えてくれ」

「お孫さんたちを……」

ガトンには二人の孫がいたのだ。この工房の手伝いをしている、山穴族の子どもである。

「ああ、いいぜ。その代わり、オレの指導は厳しいぞ」

「音を上げるほどヤワには育てておらぬ。クロスボウの試作品は明日村へ持っていく」

「明日に試作品が完成するだと？」

最後の最後で、まさかの言葉であった。

これほど複雑なクロスボウを、ガトンはたった一日で完成させるのだという。

「ふん。ワシを誰だと思っておる。さあ、作業のじゃまだ。とっとと出ていけ、お前たち」

老鍛冶師ガトンの目は真剣で、冗談を言っているようには見えない。

これは明日の朝が楽しみだ。

愛用のサバイバルナイフの放出は痛い出費だが、こうしてクロスボウの量産のめどはついた。

◇　　◇

次の日、老鍛冶師ガトンがクロスボウを携えて、オレを訪ねてきた。

「本当にひと晩で完成させたのか」

「当たり前じゃ。山穴族は人族とは違ってウソは言わぬ」

そう皮肉を言いながらも、ガトンは試作したクロスボウの説明を始める。

「大きさはひと回り小さくしておいたぞ。これを使うのはガキ共なんじゃろう?」

「ああ、そうだな。その方が助かる」

ガトンは腕利きであると同時に、賢い鍛冶職人であった。オレが依頼した先を理解して、カスタマイズして試作してくれたのだ。

「威力はどうなった?」

「昨日と同じく金属板はちゃんと貫通したぞ」

「なら問題はない」

ガトンはサイズを小さくすることにより、村の子どもでも軽く扱えるように改造していた。構造はオレのクロスボウとまったく同じで、威力もほとんど変わらないという。

確認のために村の広場に子どもたちを集めて、試射会を行う。

「よし、撃ってみろ」

「うん、ヤマト兄ちゃん!」

村の子どもの中でも小柄な少年に、クロスボウの弦を引かせてみせる。この子ができたなら、他の全員が使えるというわけだ。

「おお！　前のより力がいらないよ、これ！」

「よし、あの的を狙ってみろ」

「うん……よし！」

小柄な少年は、一人で無事に弦を引くことができた。続けて構えてトリガーを引くと、凄まじい勢いで矢が発射される。

「おお、すげえ！」

「本当に、穴が空いちゃったよ！」

設置しておいた金属板の的を矢が見事に貫通すると、見ていた子どもたちから歓声があがる。どこの世界でも子どもたちは、こうした危険な実験が大好きなのであろう。

「これなら剛毛の獣に対しても、十分な威力だな」

「だから言ったじゃろうが」

「オレは疑《うたぐ》り深いタチでな」

ガトンと軽口をたたき合いながらも、オレは感心する。

現代技術を結集して製作したオレの自信のクロスボウを、たったひと晩で試作したことに脱帽していた。小型化はしているが、これだけの威力があれば森の獣にも十分通用する。

野生の獣の剛毛と脂肪は、見た目以上に分厚く頑丈で厄介である。

だがこの試作品のクロスボウなら楽々と貫通できる威力があり、しかも量産に向いているのだ。

「それにしても随分と矢の装填が速いな」

「うむ、そこもちょっと仕掛けをしておいたぞい」

「仕掛けだと？」

「歯車の部分を改良したのじゃ」

ガトンの言葉から、試射しているクロスボウに目を向ける。なるほど確かに弓を引く歯車の部分が、オレの渡した見本と微妙に違っていたのだ。

（何だ、あの歯車は？　あり得ない方向にかみ合って、連結しているのか）

その原理は、オレにも何となく理解はできる。

だが歯車の金属加工が見たこともない技術で、繊細かつ大胆だ。現代日本の鍛造技術をもってしても、製造が不可能な歯車である。

「たいしたものだな、あれは」

「ふむ、不愛想なオヌシでも、さすがに驚いたか」

オレは素直に感心する。滅多なことでは他人を褒めない性分。だが、それほどまでに匠の優れた鍛冶技術が施されていた。さすがは〝鉄と火の神〟に愛された山穴族である。

「あの歯車を模作できる者は、他にはいるのか？」

素晴らしい試作品であったが、それだけが心配の種である。

これほどの高性能なクロスボウが、外部の誰かの手に渡った時、大量に複製し、悪用されるのは防ぎたかった。あくまでも村を生かし守るために使いたい。

「安心しろ。歯車はワシの独自の技の特製品じゃ。大陸最高峰の鍛冶師でも作れん。一子相伝《いっしそうでん》の業物じゃ」

オレの心配を予見していたガトンは、ニカッと笑みを浮かべて説明してくる。

形は同じに模作できても、数回使っただけで壊れるような特殊な仕組みなのだと。これで戦争に悪用されるのは防げるというわけだ。

「なら、あんたの孫のどちらかに、一子相伝で教えるのか」

「ああ、そんなところじゃな」

ガトンの孫は男女の双子で今は見習い職人として、鍛冶工房を手伝っている。約束通り村を訪れた際には、村の子どもたちと一緒に指導をすることになっている。パッと見はどちらが男か女か判断はできない。山穴族は本当に不思議な種族である。

「では試作品を量産してくれ、ガトンのジイさん」

「ふん。随分と人使いの荒い小僧じゃのう。だが対価は貰っておるから、その分は働く。任せておけ」

オレの依頼に、ガトンは鼻息を荒くして返事をする。子どもの人数分の発注で数は多いが、クロスボウの材料にはそれほど特殊な物はない。日にちさえあれば可能だと言う。

「よし、試射はそこまでだ。今日も森へ行くぞ」

「うん、わかったよ！　ヤマト兄ちゃん！」

「クロスボウはみんなで順番だからね！」

オレの号令に交代で試射をしていた子どもたちは、森に入る準備に取りかかる。

「よし、みんな準備を急げ！」

「今日こそは、忘れ物をしないようにだね！」

子どもたちは誰もが元気で笑顔である。最初に出会った時の面影は、もはやどこにもない。誰もが今日の収穫を夢見て目を輝かせている。やはり食料が安定してくると、生きる希望が湧いてくるのだ。

「村長のジイさん。今日も留守番と村の仕事を頼む」

リーシャの祖父である村長に、出かける前に挨拶をしておく。彼ら老人組には収穫したイナホンの乾燥作業や、干し肉への加工を頼んでいた。

「うむ。任せてくだされ、ヤマト殿。くれぐれも孫たちを頼みましたぞ」

「ああ。では行ってくる」

こうしてオレは今日も村の子どもたちを率いて、森へ入っていくのであった。

◇　　◇

子ども専用のクロスボウの試射会から、数日が経つ。

二つの班の森での作業は、順調に進んでいた。イナホンを刈り取る農業班と、獣を狩る狩猟班だ。

子ども専用クロスボウの数は徐々に増え、狩猟班も順調に稼働している。そのお蔭で最近では、村の周囲の森の危険は減っていた。


「お前ら、クロスボウを持っても油断はするな。教えたとおりに対処しろ」

「うん、わかったヤマト兄ちゃん！」

「よし、連携だ！」

最近では子どもたちだけで、大兎《ビック・ラビット》を狩らせていた。編成は四人一組で一つの小隊である。大きな盾を持った二人が前衛で、ビック・ラビットの攻撃を防ぐ。後衛の二人はクロスボウで狙いすませて獣を倒す陣形だ。

ちなみに盾は村の自警用にあった大人用を使っている。子どもが持つと全身がすっぽりと隠れるので重宝していた。子どもの力でも全身を使い防御に徹したら、ビック・ラビットの突撃なら跳ね返せる。

辺境のこの村に住む子どもたちは、自然の中で鍛えられ足腰はしっかりとしていた。身体能力も日本の小学生よりも遥かに優れている。それでもさすがに、大猪《ワイルド・ボア》ほどの突撃は、まだ防げないから油断はできない。

「よし、次はオレだからな！」

「わたしも射《う》ちたい！」

「お前ら、順番どおりにしろ！　ヤマト兄ちゃんを困らせるな！」

オレの指示に子どもたちは従順に従っているが、ときたま我先にの状態になる。その辺りはやはり、まだまだ精神的に幼いのであろう。

そんな時は一番年上の少年ガッツの一声で静かになる。こいつは性格的にも熱血で面倒見もよく、村のガキ大将といったところであろう。何かにつけて頼りになる。


「ヤマト兄ちゃん、大きい獣がいたよ！」

そんな狩りをしていた時である。

見張りをしていた少年の声が響く。どうやら森の奥に大きな獣がいたようだ。もしや、また危険なワイルド・ボアが現れたのか。

「ヤマトさま、あれは野牛《ワイルド・オックス》です」

「野生の大牛といったところか」

同行しているリーシャが、新たな獣の名を教えてくれる。

「野牛はのろいから、クロスボウなら倒せるよ、ヤマト兄ちゃん！」

ガキ大将ガッツは少し興奮した状態で、オレに提案してくる。野牛は巨体であるが動きは遅く、大猪に比べて対処しやすいと。パッと見は確かに、全身を覆う毛も薄く仕留めやすそうだ。

「よし！　いいよね!?」

「おい、待て」

先走ろうとした子どもたちを、オレは制止する。オレに少し考えがあるから、殺すのは控えさせる。

「リーシャさん、野牛はどんな気性か分かるか？」

「はい。普段の気性はそれほど荒くはありません。ですが、いったん暴れ出すと、手が付けられません」

「そうか。よし、お前ら、オレに任せろ」

リーシャの説明を聞き、オレは一計を案じる。これで村に欲しかった物が、ちょうど手に入りそうである。

「あの野牛はオレが捕獲して、村へ連れて帰る」

「そんな!?　危険ですヤマトさま！」

「無茶だよ、ヤマト兄ちゃん！」

誰もがオレの作戦に反対する。いくら普段は大人しいとはいえ、捕獲を試みて刺激したら暴れるに決まっている。いったん興奮した野牛は、大猪よりも危険な獣なのだ。

「待っていろ。オレの魔術《マジック》を見せてやる」

みんなの心配の声を制止して、オレは野牛を捕獲する作戦を実行するのであった。

◇　　◇

それから数時間後である。

オレは野牛を無事に捕獲して、村に戻ってきた。

「……!!　これは凄いものを捕まえてきましたな、ヤマト殿」

「今日はオスメスの二匹だ。明日以降も見つけたら、もう少し捕まえてくる」

あれから森で捕獲した合計二頭の野牛に、留守番の老人たちは目を丸くして驚いていた。

なにしろ畜産用の普通の牛に比べて、野牛は巨体で危険。生きたまま捕獲してきた者は、これまで村では誰もいない。

「ヤマト殿。生け捕りにして、今後はどうするつもりですかな?」

「まずはエサを与えて飼い慣らす。その後は農機具を引かせて、農業に使うつもりだ」

「農機具……ですか?」

オレの提案に、村長たち老人は首を傾げている。

この世界で牛といえば普通は畜産用で飼われていて、普段は牛乳を搾取してチーズなどに加工し、年に一度のお祭りには何頭か殺して肉を皆で食する。農業に使う概念は、これまでなかったのである。

「野牛をどうやって農業に……」

「きっとワシらの知らぬ知恵を、まだお持ちなのであろう。さすがはヤマト殿じゃ……」

オレの説明に老人たちは、ざわついている。オレは野牛を使って開墾を行う予定でいた。その詳しい方法については、飼い慣らしてから順次説明していくことにする。

「というわけで、この設計図で農具の製作を頼むぞ、ガトンのジイさん」

「ふん。連日連夜で人使いの荒い小僧じゃのう、オヌシは」

呼び出しておいた老鍛冶師ガトンに、農機具の簡単な設計図を渡す。詳しくは口頭により説明しておく。

「ふむ……この農機具が完成したら、凄いことになるな。これまで重労働だった開墾が簡単になるの」

「ああ、確かにそうだな。これは牛耕用犂《ぎゅうこうようすき》という農機具だ」

ガトンに今後の計画を説明する。牛に引かせる農機具が実用化されたなら、子どもと老人しかいないウルドの村で、重要な労働力の源になることを。

特に野牛は普通の牛の倍以上の馬力があり、今後は頼もしい存在になってくれるであろう。

牛耕用犂の設計図は日本の開墾の歴史を思い出し、オレがラフ画を描いた。賢い職人であるガトンなら、きっと使いやすい形に仕上げてくれると信じていた。

「製作の優先順位はクロスボウが先だ。他はまだ後回しにしてくれ」

「ふん、人使いが荒いのう。それにしても、これだけ巨体の野牛を、よく捕まえてきたもんじゃ」

捕獲してきた野牛の体長を計測しながら、老職人ガトンは驚いている。試作型クロスボウの性能に、オレは驚かされてばかりだった。こんなガトンの驚いた反応も悪くない気分だ。

「これは魔術《マジック》を使って大人しくさせた」

「マジック……じゃと？」

聞いたことのない単語に、ガトンはますます首を傾げる。

「鍛冶のジイちゃん！　凄かったんだぜ、ヤマト兄ちゃんは！」

「そうそう、この野牛に近づいて『バチッ！』ってやって、あっという間に大人しくさせたんだよ！」

子どもたちは身振り手振りで、今日の森での捕獲の様子を説明し始める。いかにヤマト兄ちゃんが素早く、本当に凄いかを興奮して話す。

「ますます意味不明じゃ。どうせオヌシに聞いても、言わぬのじゃろう？」

「ああ、そのへんは企業秘密だ」

老鍛冶師ガトンの問いに、オレは言葉を濁して返事をする。

大人しくさせた方法は、別に他言しても支障はない。だが説明しても異世界の住人には理解できないと思い、言葉を濁していたのだ。

（電気警棒《スタンガン》……そもそも電気の概念がないからな……）

野牛を大人しくさせるために、オレが使ったのは電気警棒であった。

野牛の脊髄近辺に強烈な電撃を食らわせ、大人しくさせたのだ。

ちなみに電気警棒はアウトドア用品ではなく、オレが個人的に集めていた護身武器の一つ。登山のリュックサックの中に、偶然入れていたのだ。

「では野牛の飼育は任せてもいいか、村長？」

「うむ、家畜には慣れておる。空いている牛舎で飼うとするか」

捕まえてきた家畜の世話は、村の留守番係である老人たちに一任することにした。この村では昔から家畜も飼育していたから大丈夫であろう。

オレが最初に訪れた時は、村には家畜はまったくいない状態だった。大人たちや穀物と一緒に、領主が根こそぎ豚やニワトリも徴収していったのだ。

「ニワトリや豚・ヤギ・ヒツジも森にいたら、捕まえてくる」

「おお、それは助かるのう、ヤマト殿」

聞いた話では、森の各地には野生の家畜系の獣が棲息しているという。これまでは危険な獣がいたために、誰も奥地まで入っていけなかった。

だが今は子どもたちのクロスボウ隊が整ってきており、もう少し奥地まで探索に行ける。これを機会に行動範囲を広げ、森の幸をもっと手に入れたいとオレは考えていた。

（牛とヤギは乳製品、ニワトリは卵、ヒツジは羊毛に、繁殖力の高い豚は食肉として最適だから

な）

地球の歴史でも比較的大人しい野生の獣は、家畜として飼育された。殺して食べるだけではなく、繁殖力によって様々な価値が生まれるのだ。

このウルドの村は湖畔の閉鎖的な盆地にある。町までの街道上には危険な山賊がはびこり流通は止まっていた。交易商人から物資を得ることは、今のところ難しい。

そこで自給自足で暮らしていくことが、早急に求められていた。そのためのイナホン水田効率化であり、獣の飼育計画である。

最初に出会ったビック・ラビットと大猪は、凶暴すぎて家畜には向かない。今後も食肉と毛皮用に狩っていく。大人しい獣は捕獲して家畜として、凶暴な獣はその場で仕留めて、食肉にする自給自足計画である。

「よし、お前たち。この後は村長たちから職人の技を学ぶぞ」

森から戻ってきた子どもたちに、オレは新しい指示を出す。

老人たちは森での重労働には向かない。だが彼らの伝統的な技術と長年の知識は、村の代えがたい宝物である。余裕が出てきた今後は、子どもたちにも積極的に学ばせ継承させていく。

「わかったよ、ヤマト兄ちゃん！」

「よし、みんなで競争だぞ！」

「あっ、みんな待ってよ」

子どもたちは競うように、我先にと次の仕事に移る。相変わらずの元気さと笑顔である。

彼らは生き残るために、本当に素直に従ってくれる。真綿が水を吸い込むように、新しい知識と技術をどんどん吸収していく。


（さて、オレも負けてられないな……）

最近ではオレも、老人たちから村の技術を教わっていた。見慣れぬ文化を一から習得するのは、かなりの労力を必要とする。

だが山岳地帯の厳しい環境で生き抜いてきた、彼らの技術と文化は奥深い。現代日本から来たオレも非常に勉強になる。少しでも村に溶け込もうと、オレも努力しているのかもしれない。

「ウルドの村か……」

オレは感慨深く思いながら、平和になりつつある村の様子を眺める。

「こんな美しい村だったのか……」

こうして改めて見ると湖畔にあるウルドは、本当に美しい村である。周囲の山々は秋の紅葉に染まり、静かな湖の水面に鏡のように映る。これまでは生きるのに必死で、オレも景観を眺める余裕すらなかったのかもしれない。


「ヤマトさま、皆さんがお待ちですよ」

「兄ちゃん、早く行こうぜ！」

「早く、急いでよ！」

笑顔でオレを呼ぶ声が聞こえてくる。少し前までは貧困に苦しむ村だったのが、今では笑顔の人々で溢れていたのだ。

本当にあっという間の毎日だった。

「ああ、今行く」

こうしてウルドの村に住むようになってから、いつの間にか一ヶ月が経とうとしていた。

第五章　そして村人へ

ウルドの村に来てから、ちょうど一ヶ月が経過していた。

「よし、イナホンの収穫は、これで完了だ」

森の中に自生していた穀物イナホン刈りが、ようやく終わった。目の前には整然と刈り取られた水田の光景が広がる。

「お前ら、よくやったな」

水田を見つめている子どもたちに、オレはねぎらいの言葉をかける。大人の力を借りず、幼い彼らだけで完遂したことに。

「本当に僕たちだけで、これを……」

「最初は腕や腰が痛くて、泣きそうだったよね……」

子どもたちは水田をジッと見つめて言葉を失っていた。

人力だけで行う稲刈り作業は重労働で時間もかかる。それを自分たちだけの力で成し遂げた達成感に浸っていた。

「だが、いつまでも感動している場合ではない。春の田植えに向けて準備があるぞ」

「えー、本当に人使いが荒いよね、ヤマト兄ちゃんは！」

「本当だよー」

稲の栽培には一年を通して手間がかかる。

冬が来る前に〝田起こし〟をして、水田の土を底から掘り起こす必要がある。他にも春の田植えの前に、土の改良などの準備もしておきたい。

（水田の面積に対して実の収穫量は少なかった。自生の限界だろうな、これが）

森の中にあったこの天然水田は、食糧難の村を助けてくれた救世主である。だが自生ということもあり、日本の稲の収穫量をはるかに下回っていたのだ。

（だが逆に、まだまだ収穫量を増やせるということだ）

そこでオレは水田を改良する計画を立てていた。それも日本の歴史からアイデアを借りて。

江戸時代から明治・昭和にかけて、日本の水田技術は大きく進化した。肥料や乾田、牛耕などの新しい農機具の発明で、米の収穫量が倍増していた。

（改革のための野牛《ワイルド・オックス》の馬力であり、老職人ガトンの鍛冶技術だ……）

来年以降の食糧生産を見据えて、オレはいろいろと準備をしていた。

子どもと老人しかいないウルドの村では、労働力にも限りがある。この世界の文明のレベル的に、日本の技術と知識を応用していくつもりだ。

オレの現代日本での知識。イナホンという穀物の存在。そして卓越した鍛冶技術をもつ山穴族ガトン。

滅びゆく運命であったウルドの村には、この三つの要因が奇跡的に集まっていた。

そして何よりも奇跡的な存在がウルドの村にある。


「ヤマト兄ちゃん、道具の積み込みが終わったよ」

「この後はなんの仕事があるの？　早く教えてよ！」

「おい、お前ら！　あんまり兄ちゃんを急がせるな！　なんか考えている〝難しい顔〟の最中だろう！」

「そうだったね！」

何より奇跡的なのは、彼らの存在である。

どんな時でも明るく献身的なウルドの民の子どもたち。彼らがいなければイナホン刈りや大兎《ビック・ラビット》狩りも、ここまで順調にはいかなかった。

あまり褒めるとすぐ調子にのるため、オレは口には出さないが心から感謝している。

「ところで、リーシャさん。オレはそんなに難しい顔をしているのか？」

「えっ、それは……ち、知的で素敵だと思います！」

隣にいた村長の孫娘リーシャは、返答の言葉に困っていた。もしかしたら彼女も前々から、そう思っていたのかもしれない。少なからずショックを受ける。

（村の生活にも余裕ができてきた。オレも少しだけ愛想をよくしてみるか……）

村で世話になっていた自分は、なるべく丁寧に村人たちに接していたつもりである。今後は表情に関して、もう少し気をつけていこうと思う。

それには笑顔の練習が必要であろう。

「おい！　ヤマト兄ちゃんが、なんか変な顔しているぞ！」

「うわっ、本当だ!?　変な顔だね！」

「みんな、ヤマトさまの悪口を、言ってはいけません！」

「だって本当のことなんだもん、リーシャ姉ちゃん」

「みんな、怒った姉ちゃんから逃げろ！」

前言撤回である。

ウルドの子どもたちは、どんな時でも明るく献身的で頼りになる。

だが、あまり調子にのらせない方がいいかもしれない。

「よし、では村に戻るぞ」

子どもの相手が得意ではないことを、オレは再確認した。そして自分の笑顔の練度がまだ低いことも。これはイナホンに続く、新たなる収穫であった。

◇

◇

森の中に自生していたイナホンを全て刈り終えて、オレたちは村に戻ってきた。

「道具の片付けの後は、脱穀《だっこく》の手伝いだ」

「うん、わかったよ！」

「よし、片付け競争だー！」

オレの指示に子どもたちは元気よく行動する。すぐ調子に乗るが、このエネルギッシュなところは凄い生命力である。

「ヤマト殿、乾燥の確認をしてください」

「よし、これだけ乾燥していれば大丈夫だな」

朝、村を出る前に、村長たち老人に指示しておいた。その作業も順調であった。数日前に収穫したイナホンの実の水分状態を確認する。

これまで収穫したイナホンは、村の広場で〝稲揚げ〟作業をしていた。簡単に説明すると天日干し。これによって水分が蒸発して、実が美味しくなり長持ちするのだ。

その乾燥させたイナホンの穂先から、実だけを落とす作業が脱穀である。


「ガトンのジイさん、道具の調子はどうだ？」

「ふむ、順調じゃよ。今のところはな」

新しい脱穀の道具の調子を、製造した老鍛冶師ガトンに確認する。その目の前では村の子どもと老人たちが、〝千歯《せんば》こき〟で脱穀作業を行っていた。

「それにしても、この〝千歯こき〟という農機具は、本当に便利じゃのう。さすがは〝賢者〟の小僧じゃ」

「オレは設計図を描いただけだ。作ったジイさんの方がたいしたものだ」

村人たちが脱穀に使っているこの〝千歯こき〟は、江戸時代に発明された画期的な農機具である。それまで非効率だった脱穀作業を、飛躍的に効率化させた革命児。オレは事前に簡単な設計図を描いて、ガトンに製作を依頼していたのだ。

「残念ながら今回のコレは、孫たちに作らせたシロモノじゃ」

「あの幼い二人が、既にこれを作れるのか？　……どうりで素直な形をしているな」

「ぬかせ、小僧」

相変わらず口が悪いガトンと、軽口をたたき合う。だが山穴族の職人が作る道具の完成度は高い。先ほどの言葉にあったように、今回の農機具は彼の双子の孫たちが製作したという。彼らはまだ小学生くらいの年頃のはずだ。相変わらず山穴族の鍛冶能力は驚愕に値する。

◇　◇

乾燥と脱穀の確認を終えたオレは、隣の大きな倉庫に移動する。そこではリーシャが作業をしていた。

「これだけの米があれば、来年の秋までは大丈夫だな」

脱穀が終わり麻袋に詰められた米の量を確認する。この一ヶ月間で村の食糧消費の記録をとっていた。子どもたちの成長期を加味して計算しても、十分な量の米が収穫できていた。

「これがウルド麦の代わりに、私たちの主食となるコメですね、ヤマトさま……」

パンパンに積み上げられた米袋を見つめながら、リーシャは感動していた。主食である穀物の見通しがついたことに、村長の孫娘として喜んでいたのだ。

「今後はウルド麦も多少は作りつつも、イナホンをメインに栽培していく」

これまで村ではウルド麦が主食。だが最近では気候の変化もあり、麦の生育は不安定だったという。

「イナホンは連作障害もなく、毎年の栽培が可能だから安心だ」

「それは何度聞いても信じられない……本当に素晴らしい話です、ヤマトさま」

リーシャが感動しているのは、米類の汎用性に対してだ。なにしろ麦類は同じ場所で栽培することで発生する、連作障害の危険性がある。

それに比べて米類は、上手くいけば毎年安定して栽培、収穫できる。森の中でイナホンが自生していた事実から、気候に関しても何も問題はない。

「今後はイナホンをメインとした農業改革を行っていく……」

今後のオレの計画を簡単に説明する。

森の中の天然の水田をメインに栽培し、村内で破棄されていた畑もイナホン用に開墾する。また種植えではなく、効率がいい苗を栽培して田植えを行う計画である。

「畑をあの水田に開墾するのですか？　重労働になりますね……ヤマトさま」

「ガトンのジイさんの農機具と、野牛があるから開墾は大丈夫だ」

未知の農業改革に不安なリーシャに、いろいろと説明をして安心させる。一番の重労働である田起こしや開墾も、無理なく冬前には完了する予定だと。

「なるほど、そうだったのですね。さすがはヤマトさまです！」

「穀物以外の食料にも徐々に手を付けていこう」

オレの計画した改革が軌道に乗れば、村の食糧生産も安定していく。穀物以外にも畜産や野菜の栽培も再開して、生活を豊かにしていく。

昔から村で作られている、甘味や酒造などの嗜好品《しこうひん》の生産再開も早めがいいだろう。なにしろ人は穀物だけでは、心豊かに生きていけないから。

（食料の生産が安定したら、この環境の村なら大丈夫であろう……）

ウルドは山岳地帯の湖畔の盆地にあり、自然環境には恵まれていた。澄んだ空気と豊富な水資源に恵まれている。

獣が巣くう近隣の森もクロスボウ隊が稼働したら、素晴らしい恵みを与えてくれる森となる。規模的に燃料である薪や、獣の肉や毛皮に困ることはない。

（まだ時間はかかるかもしれない。だが希望という光明が見えてくるだけで、人は笑顔で生きられる）

外の広場から村人たちの笑い声が聞こえてくる。脱穀作業をしている子どもたちが、冗談で老人たちを笑わせているのであろう。

ついーヶ月前の貧困に苦しむあの日からは、想像もできない笑顔の光景。これがあるだけで人は強く生きていけると確信できる。


「ヤマトさま……」

そんな感慨にふけっていた時である。

隣にいたリーシャが、オレに静かに声をかけてくる。いつもと違う声質であり、いったいどうしたのであろうか。

「ヤマトさま……今宵、少しお時間を貸してください。お話があります……」

「話し合いか？　大丈夫だ」

村長の孫娘であるリーシャは、この村では唯一の年頃の女性である。彼女の知識や存在に、異世界人であるオレはいつも助けてもらっていた。

そんなリーシャに頼まれて、断る理由はどこにもない。

「ありがとうございます、ヤマトさま！　では今宵お待ちしています……」

彼女は約束の時間と場所を伝え、嬉しそうに立ち去っていく。いったい何の話があるのか見当もつかない。

（展望の丘で、日の沈む前にか……）

こうしてリーシャに誘われて、オレは彼女と二人きりで会うことになった。

◇　　◇

午後の全ての作業が終わり、夕陽がウルドの村を赤く染め始める。夕食までの空いた時間は、各自の自由な時間となっていた。

「待ち合わせの場所は、この先か」

リーシャとの待ち合わせ場所に、オレは向かっていた。夕日が沈む前の約束の時間まで、まだ少しだけ余裕がある。

「あれが展望の丘か」

約束の場所が見えてきた。盆地にある村から、丘をのぼった所にある高台だ。村では通称〝展望の丘〟と呼ばれている、見晴らしのいい場所である。

「リーシャさん、待たせたな」

「わ、私もたった今、来たばかりです」

だがその言葉の割には、彼女の足元の草が広く踏み固められている。

おそらく早く来てしまい、時間を持て余していたのであろう。そこは気がつかないふりをしておく。

「ところで話というのは？」

リーシャは話があると言っていた。その時の彼女の表情は真剣で、なおかつ緊張で顔を赤らめていた。おそらくは村に関する大切な話に違いない。

遠回しな表現が苦手なオレは、率直に尋ねる。

「実はヤマトさまに、お礼を言いたくて……」

「お礼だと？」

「はい……これまでの、すべてのことに関して……」

瞳を閉じ深呼吸をして、リーシャは感謝の言葉を述べてくる。

今から一ヶ月前、森で大兎《ビック・ラビット》に襲われていた自分の命を助けてくれたこと。飢えていた村の子どもたちに、食料を分け与えてくれたこと。

イナホンの実という新しい穀物を発見して、村の食糧難を解決してくれたこと。クロスボウで子どもたちに、生きる糧を得る方法を伝えてくれたこと。画期的な農業改革で、村人たちに生きる希望を与えてくれたこと。

「数え切れないほどの恩を私たちは、ヤマトさまから授かりました……本当にありがとうございます」

「気にするな。好きでやっていることだ」

「ご謙遜を、ヤマトさま」

「悪いがこういう性格《タチ》でな」

「ふふふ……知っています」

最後の方は、オレをからかっていたのであろう。リーシャはいたずらな笑みを浮かべている。このひと月の間を一緒に過ごし、オレの性格もだいぶ彼女に把握されていた。

「そういえば、もうすぐ冬がくるな」

「はい……　〝冬の精霊〟があの大山脈から、この村に降りてきます」

前に聞いた話ではウルドの村にも、春夏秋冬の四季があるという。

イナホン刈りが終わった今は秋の時季で、もうすぐ冬が訪れる。湿度の問題で積雪は少ないが、厳しい寒さが三ヶ月ほど続くという。

ちなみに〝冬の精霊〟は喩え話であろう。そんな架空の生物が存在するはずがない。

「今のところ冬の間は、何とかなりそうだな」

「はい。これもヤマトさまのおかげです」

雪に覆われる冬の間は、基本的に食料を得ることができない。だからオレは冬の間の食料と燃料の配給の計画を、既に立てていた。

炭水化物は稲の一種であるイナホンの実から。タンパク質はギリギリまで獣を狩り、塩漬けなどの保存食に加工する。

あまり外に出られない冬ではあるが、やらなければいけない仕事は多い。

「冬の間もお互い忙しくなりそうだな、リーシャさん」

「はい……でも、大丈夫です！」

珍しくリーシャが自信満々で答えてくる。どんな困難があっても、自分たちは大丈夫だと胸を張ってくる。

「今日のリーシャさんは、いつになく頼もしいな」

「はい。ヤマトさまがいてくれるので、何の心配や不安もありません。ヤマトさまは、私たちの救世主さまです！」

「買いかぶりすぎだ」

「またご謙遜を、ヤマトさま」

「悪いが本当にこういう性格《タチ》でな」

「知っています」

　また彼女にからかわれたのかもしれない。だが彼女は本当に嬉しそうに微笑んでいる。今回はどうやら冗談ではなさそうだ。


　オレたち二人のいる展望の丘に、秋の心地よい風が流れてくる。それは丘の下に広がるウルド盆地から、森と湖の香りをのせて漂う。

　ふと視線を向けると、自然と調和した村の美しい光景が見える。一ヶ月前は、こんな美しい風景を楽しむ余裕すらなかった。

「そ、そういえば……ヤマトさま……」

「どうした、リーシャさん。そんなに改まって」

「実はここからが本題でして……」

リーシャは急に神妙な顔つきになり、口を開き始める。

「私は次の春で……成人の儀を迎えます」

彼女の話によると、ウルドの民の成人は数えで十四歳だという。儀を迎えて一人前の大人として認められ、飲酒や婚姻ができる。他にも村の会議での議決権や、財産の所有権利なども有する。

「そうか。リーシャさんは、そんな年頃だったのか」

そういえばこれまで、彼女の年齢を尋ねたことがない。初めて森で出会った時の印象では、大人っぽい感じはあった。

自分よりは年下だとは思っていたが、まさか十三歳だとは思わなかった。やはり見た目と実年齢が、日本人とは違うのかもしれない。


「ヤマトさまは……私のことを、どう思っていますか……？」

リーシャは真剣な瞳で尋ねてくる。これまで一緒に過ごして、自分のことをどう感じているかと聞いてくる。

それに答えるために彼女とのこの一ヶ月間のことを、オレは思い出す。

「リーシャさんは素晴らしい女性だ」

「ほ、本当ですか!?」

「ああ」

オレのその言葉に、ウソはない。

村長の孫娘であるリーシャは、素晴らしい才能をもっている。誰よりも責任感が強く、危険をかえりみずに頑張っていた。

「今のオレの背中を任せられるのは、リーシャさんしかいない」

「私にヤマトさまの背中を……」

その言葉にもウソはない。

リーシャは優れた狩人で、高い指導能力がある。彼女専用の長弓がもうすぐ完成するので、ますます頼もしい存在になるであろう。

「成人の儀を迎えれば……私も……け、結婚もできる歳になります……」

「そうかウルドの民の結婚は早いのか」

オレの故郷である日本の法律では、女性は十六歳にならないと結婚はできない。それに比べてこの村では二年ほど早い。おそらく平均寿命が早婚に関係しているのであろう。

「十六歳ですか……ヤマトさまは、あと二年間この村にいてくれますか……？」

「ああ、そうだな。もうしばらくは世話になる」

来年の春からも、村での必要な仕事は多い。自給自足や交易が安定するまで、最低でもあと数年はかかるであろう。長期的な計画を進めていく必要がある。

「わかりました！　あと二年、私待っています！　頑張ります！」

「ああ、一緒に頑張っていこう」

「はい……ヤマトさまと一緒に、頑張ります……」

リーシャは更に顔を赤らめる。表情もころころ変わり不思議な感じだ。

今日の彼女はいつもと違い、かなり情緒不安定である。いったいどうしたのであろうか。

『女心と秋の空』……そんな格言をオレは思い出した。あまり気にしないことにする。

◇　◇

「ヤマト兄ちゃーん!!」

リーシャとの話も落ち着いた、そんな時である。オレの名を呼びながら、誰かが近づいてくる。

「あっ、みんな！　ヤマト兄ちゃんを見つけたよ！」

「リーシャ姉ちゃんもいるよ！」

声の主は村の子どもたちである。緩い坂道を一気に駆け上がり、この展望の丘までやってくる。

雰囲気から察するに、オレのことを捜していたようだ。

「どうしたお前たち？」

息を切らしてやってきた子どもたちに尋ねる。もしかしたら、また事件でも起きたのか。オレは静かに周囲を警戒する。

だが子どもたちの顔には、不敵な笑みが浮かんでいる。どうやら事件ではなさそうだ。

「今宵の主役のヤマト兄ちゃんを、迎えに来たんだ、オレたち！」

「そう、しゅやくを！」

オレの質問に、口々にそう答えてくる。だが何のことやら、見当もつかない。今宵、何か行事があるとは、オレは聞いてもいなかった。では、いったい何があるというのだ。

「いいから、早く来てよ、ヤマト兄ちゃん！」

「リーシャ姉ちゃんもね！」

こうしてわけの分からないまま、オレは拉致されることとなった。

◇

◇

オレは村の子どもたちに強引に引っ張られていく。

展望の丘から坂を下り、村の中心部まで誘導されて戻ってきた。

「どこに連れていくつもりだ？」

「内緒だよ、ヤマト兄ちゃん！」

「そう、ないしょ！」

夕陽が沈み、村はすっかり薄暗くなっていた。頭上には〝二つ月〟が輝き始めている。リーシャと話をしている間に、いつの間にかこんな時間になっていたのであろう。

（天に舞う双子の月《ルナ》。アレを見ると、ここが異世界だと思い出す……）

子どもたちに手を引っ張られながら、オレは感慨にふける。

今からちょうど一ヶ月前、オレはこの異世界に転移してきた。原因も理由も不明で、いきなり見知らぬ森の中に降り立つ。

(今思えば、本当に運よくリーシャに出会えたものだ……奇跡的な確率だったな)

異世界の少女リーシャを助けたオレは、ウルドの村で世話になることとなる。最初はほんの一泊の予定。夜が明けたら近くの街へ移動する予定だった。

(正直なところウルドの最初の印象は、あまり良くはなかった……)

だがオレはこの村に残ることにした。どうしてそう決めたかは、今でもよく分からない。気がつくと生きるために食料を探し回り、危険を承知で凶暴な獣と対峙していた。

(人を襲う獣……本当にファンタジーの世界だな、ここは……)

安全で豊かな日本にいたころの自分には、想像もできなかった激動の日々。だがオレの心は不思議と満たされていた。

日本に住んでいた時には得られなかった充実感でいっぱいだった。その充実感と幸福感がいったい何なのか、未だに解明はできていない。

◇　◇

「ヤマト兄ちゃん、着いたよ!」

そんな思い出と、感慨にふけっていた時である。

先導していた子どもたちが教えてくれる。目的の場所に到着したのだ。

「ヤマト兄ちゃん、また〝難しい顔〟をしていたけど、大丈夫？」

「でも今日は、これで元気をだして！」

子どもたちが指し示す方向には、席が設けられていた。場所は見慣れた村の野外広場。低いテーブルやイスが並べられ、宴《うたげ》の準備がされている。

「ヤマト殿、お待ちしておりました」

「村長、これは……今宵、なにかあるのか？」

広場で待ち構えていた村長に、何事かと尋ねる。

彼以外にも村の全ての老人と子どもたちが広場に集まっていた。村人総動員であり、ただ事ではないのであろう。

「これは〝歓迎の宴〟ですぞ、ヤマト殿」

「そう、かんげいのうたげ！」

「かんげいだよ！」

村長の言葉に子どもたちが続き、連呼する。これから楽しい宴が始まると、みんな笑みを浮かべていた。

「歓迎の宴だと。いったい誰の……」

正直なところ、オレは見当がつかない。もしかしたら自分が展望の丘に行っている間、急な客人が村を訪れたのかもしれない。

だがそれにしては、この宴は大規模すぎる。貴重な野菜や肉と魚をふんだんに使った郷土料理が、テーブルに華やかに並んでいた。おそらくは数日前から準備していたのであろう。

「ヤマト兄ちゃん、料理だけじゃなくて衣装もだよ！」

「そうそう、おしゃれしてるの」

子どもたちはくるりと回り、カラフルなウルド衣装を見せてくる。他の村人たちも正装である民族衣装。カラフルな色の糸で編まれた、美しいデザインである。

「私も着替えてきました、ヤマトさま……」

席を外していたリーシャも着替えて、広場に戻ってきた。いつもより身体のラインを強調した、女性らしいウルド衣装である。

「えっへへ、びっくりしたでしょう!?　ヤマト兄ちゃん！」

「気づかれないように、内緒で準備していたからな、オレたち！」

「そう！　このご飯は僕たちも手伝ったんだよ、ヤマト兄ちゃん！」

突然のことで困惑しているオレに、子どもたちは説明をしてくる。この数日間、村人全員で密かにこの宴の準備をしていたと。

「それは気がつかなかった。ところで誰の、歓迎の宴なのだ？」

肝心の主賓である者の名を、オレはまだ聞いていない。

もしかしたら、既にこの広場にいるのであろうか。この場にいるのは全て顔見知りの村人たち。外部から来た客人はどこにもいない。

「えっ……？」

「まだ気がつかないの、ヤマト兄ちゃん!?」

「冗談で言っているんだよね、兄ちゃん？」

子どもたちは口を開けて、唖然としている。

「分からないから、先ほどから聞いている」

これまでの会話の中に、その人物のヒントがあったのであろうか。もしくは自分の知らない村の暗号や隠語で、伝達されているのかもしれない。とにかく見当もつかない人物である。

「今宵は……ヤマトさまの〝歓迎の宴〟です」

隣にいた少女リーシャが、しびれを切らしてオレに教えてくれる。

「ヤマトさまが村に来てから、今日でひと月……ウルドの風習で歓迎する宴です」

リーシャは笑みを浮かべながら教えてくれた。

ウルドの民はひと月の間、一緒に集落で暮らした者を、正式に民として歓迎する習慣があると。

そして今日の主賓は自分《ヤマト》であると、明確に言葉にする。

「オレのための……歓迎の宴だと……」

想像もしていなかった答えに、オレは思わず言葉を失う。これはまさかのサプライズであった。

正直なところ、今の村の生活もギリギリである。こんな気持ちの余裕があったとは、想像もしていなかった。

テーブルに並べられた料理は、おそらくは自分たちの配給を削って準備した物なのであろう。そうでなければ在庫の計算が合わない。

「食材はみんなで集めたんだよ、ヤマト兄ちゃん！」

「そうそう、祭りのために我慢するのは大丈夫！」

オレの心配を読んだように、子どもたちは笑顔でネタばらしをしてくる。オレともあろう者が、まったく気がつかない事前の準備であった。

「もともとウルドの民は、お祭り好きなのですよ、ヤマトさま」

「ああ、そうなのか……」

ようやく状況を把握してきたオレに、リーシャが説明してくる。

ウルドの民は収穫祭や祈願祭など、年間を通じて皆で祝い合うのを好んでいる。そのために日頃は生真面目に働き、節制して生活をしているのだ。

「では始めますぞ。今宵は村の秘蔵の酒もふるまいます」

宴の準備とオレへの説明も終わり、いよいよ開宴となる。村長は微笑みながら、オレに酒の杯を手渡してくる。

「ヤマト殿は、お酒は？」

「酒か……嫌いではない」

「それは、よかった。ガトン殿が喜びます」

見ると山穴族の老鍛冶師ガトン殿も、近くの席にいた。

既に一人だけで飲み始めているところを見ると、かなりの酒好きなのであろう。いつになく満面の笑みで飲んでいる。

「ヤマト兄ちゃん、早く乾杯して！」

「ご馳走を食べようよ！」

「僕たち、もうお腹がペコペコだよー」

成長期である子どもたちは、かなり腹が減っているのであろう。なかなか始まらない宴に不満げな声をあげる。

「では、乾杯の挨拶をヤマト殿、よろしくお願いしますぞ」

「ああ……オレか」

村長の無茶ぶりに、オレは言葉を詰まらせる。こんな時に、何て言って乾杯をすればいいのか迷う。

（迷うことでもないか……遠回しな言葉は苦手だったな、オレは）

オレは覚悟を決める。そうなると口にする言葉は決まっていた。自分らしくシンプルにいこう。

「ウルドの村の明日に向かって……乾杯だ！」

「「乾杯！」」

「僕たちもカンパーイ！」


こうして宴は始まった。

皆で和気あいあいと宴を楽しむ。誰もが笑顔で食事を口にしたり、酒を飲んでいる。

普段は村長秘蔵の酒も、この日ばかりは解禁だ。老人たちは酔いが回り、饒舌《じょうぜつ》に語り合う。

どこからともなく楽器の演奏が始まり、村人たちはそれに合わせて歌い踊る。老人と子ども、男女の関係なくにぎやかに歌い踊る。

カラフルなウルド柄の衣装が広場を舞い踊り、かがり火を浴びて幻想的に映る。


この宴が終われば、明日からまた忙しい日々が始まる。厳しい冬を乗り越えるための準備も、まだまだ山ほどある。

だが村人たちの中で悲観している者は、誰一人としていない。

なぜなら彼らは知っていたからだ。厳しい冬を越した先には、希望の春が必ず訪れることを。

そして誰もが気がついていた。このウルドの村に、英知を有する救世主が降臨したことに。


「子どもたちは、早く寝るんだぞ。明日も朝早い」

「えー、こんな日くらい、いいじゃん。ヤマト兄ちゃんのいじわるー！」

「悪いがこういう性格《タチ》でな」

「みんな、知ってるよ！」

「そう、そう、しってる！」

歓迎の宴は夜遅くまで続いた。心からの笑顔と、笑い声と共に。

閑話1　老人たちとの宴

〝歓迎の宴〟は終盤を迎えていた。

「ヤマト殿、この席は空いておりますかな?」

「ああ、大丈夫だ。村長」

ウルドの村長が、オレの目の前の席に腰を下ろす。

「宴は楽しんでおりましたか、ヤマト殿」

「悪くはない」

「それは良かった」

初老の村長は、ねぎらいと感謝の言葉を述べてくる。いつもながら丁寧な言葉遣いで、礼儀正しい人物だ。

「ささ、ヤマト殿。もう一杯いかがですか」

「ああ、いただく」

オレの杯に村長は酒を注ぐ。秘蔵の地酒はややクセはあるが、飲むほどに味わいがある。機会があれば製造方法を知りたいものである。

「そういえば宴の前に、リーシャと展望の丘に?」

「村のことで相談していた」

「さようですか」

この村の村長はこの老人である。だが今は孫娘リーシャが先頭に立ち、村人たちをまとめていた。

表向きはオレがアイデアマンとして、彼女を補佐している形である。

「ところで村長に聞きたいことがある」

「なんでしょうか？　なんなりとお聞きくださいヤマト殿」

自分が知っている知識なら何でも教えると、村長は口にする。代々村長の家系である彼の知識は、村一番であるとリーシャから聞いていた。

「単刀直入に聞く。ウルドの民は、何者だ？」

「ウルドの民ですか……？　さて……」

「言える範囲でいい。聞かせてくれ」

「………」

あまりにも唐突なオレの質問に、村長は無言となる。気まずい雰囲気だが、オレはどうしても聞いておきたかったのだ。

『ウルドの民は何者なのか？』

これは一ヶ月の間、子どもたちと一緒に狩りや生活を共にして、気になっていた疑問である。

「少しだけ昔話をしてもいいですか、ヤマトさま」

「ああ」

オレの想いが通じたのか、村長は静かに口を開く。意を決したその瞳は、真剣そのものだ。

「その昔、群雄割拠の大陸の覇権を狙う、一つの部族がありました……」

そして村長は静かに語り出す。

◇　　◇

その部族は不思議な力と、優れた身体能力を生まれながらに持っていた。群雄割拠の時代を武勇で勝ち残り、大陸統一まであと一歩のところまで進む。

だが、ある日のこと。信頼を寄せる家臣の裏切りにあい、その部族の国は滅んでしまう。

奇跡的に残った一族は辺境に移り住み、自然と共にひっそりと暮らすことを選択した。

◇　　◇

村長の昔話は、ここで静かに終わる。

これは歴代の村長だけに伝わる、口頭による秘伝だという。他に知る者は一切いない。

「その子孫が、このウルドの民ということか」

「嘘か誠か分からぬ、昔話です」

オレの言葉を、村長は否定しなかった。つまり先ほどの話は本当なのであろう。ウルドの民の先祖が、戦乱を勝ち抜いた戦闘部族だった歴史が。

「なるほど。それで子どもたちの能力と適性が高いのか」

「ウルドの血も薄くなりました。今では岩をも砕く力や、空を駆ける健脚はございませぬ」

その口伝が本当なら、昔のウルドの民はそれが可能だったのであろう。口伝とはいえ不可思議な話である。


（だが、これで納得ができた）

村長の話を聞き、オレの悩みは解決する。

オレが不思議だったのは、子どもたちの優れた身体能力と学習能力である。弩《クロスボウ》や森での隠密行動など、オレが教えた技術を次々と吸収していた。日本の子どもと比較しても、それは異様な結果である。

「冬の間、子どもたちに戦い方を教えるつもりだ」

「戦い方……ですか……」

村長の眉がピクリと動く。オレのまさかの提案に動揺したのだ。

「村の自衛のためだ。悪く思うな」

「それなら仕方がありませんな……」

この世界には騒乱がまだ多い。ずっと辺境の村に閉じこもり、平和に生きていくことは難しいのだ。

村長からウルドの民の秘密を聞き、オレは密かに決意していた。自衛のために、子どもたちに戦い方を伝授する覚悟を。

◇　◇

村長との話が終わり、オレは別の席に移動する。

「この席は空いているか？」

「もともと大地は誰の物でもない。どこに座ろうが、自由じゃ」

「そうだな」

山穴族の老鍛冶師ガトンの目の前に、オレは腰を下ろす。

「ガキどもは寝たのか？」

「子どもは寝るのも仕事だ。今はリーシャさんが寝かしつけている」

宴も終盤になると、子どもたちは眠そうであった。村長の孫娘リーシャと一緒に寝かしつけて、オレだけ宴に戻ってきていた。

宴の広場で飲み食いしているのは、村の老人たちとオレだけである。

「なら、もう遠慮なく飲めるな？」

「ああ、いただく」

オレの杯にガトンは酒を注いでくる。村長秘蔵の地酒であり、ほどよい香りが鼻孔を刺激する。

「賢者殿は、ずいぶんと懐かれているのう」

「いつも通り小僧でいい。それにオレは子どもが苦手だ」

「ふん。これだけの成果を出しながら、よく言うのう。小僧どのは」

「たまたまだ」

酒を飲みながらガトンと言葉を交す。軽口をたたき合うのは、相変わらずだ。今のところオレが成果を出しているのは、本当に偶然の産物である。

穀物イナホンの存在や、村の子どもたちの高すぎる順応性。自然に恵まれた村の環境など、恐ろしいほどの幸運が重なっていた。

そして最大の幸運が、今オレの目の前にいる。

「礼を言いにきた、ガトン。あんたがいなかったら、ここまで順調には進んでいなかった」

「ふん、今宵はずいぶんと素直じゃのう、小僧どのは。明日は槍でも降るのかい」

「オレはいつも素直だ。あと、空から槍は降ってこない」

オレの感謝の言葉にウソや世辞はなく、本当に老鍛冶師ガトンには感謝している。

弩《クロスボウ》や農機具、生活用品など、オレは様々な文明改革を村で行ってきた。だが実際に現物を製造したのは、この老鍛冶師ガトンと二人の孫である。

彼らがいなければ村の生活はまだ困窮しており、オレの改革はもっと苦労していたであろう。

「ワシは職人として面白いと思った物を、作っただけじゃ」

「なら話は早い。また冬の間に頼む、ガトンのジイさん」

「ふん。相変わらず人使いが荒いぞ、小僧は」

そう愚痴りながらも、ガトンは口元に不敵な笑みを浮かべる。

『どんな無理難題な設計図であろうが、金属が原料である限りは、必ず完成させてやるぞ』と言わんばかりの強気の表情だ。

（だがこの男なら、本当に何でも作りだしてしまいそうだな……）

ガトンの恐ろしいところは鍛冶技術だけではなく、その柔軟な頭脳と応用センスである。オレが現代から持ち込んだ器具の原理を瞬時に理解して、使いやすいように進化させて製作するのだ。


「ところで小僧……いや、ヤマトよ」

ガトンに感心していた、その時であった。目の前にいたガトンの口調が変わる。

「なんだ、ガトン」

その真剣な表情に、オレも真っ正面から答える。ここからは軽口や冗談はなしだ。

「オヌシはいったい、何者なのじゃ」

「…………」

その質問に、オレは少しだけ間をおく。

いつかは聞かれると思っていたが、この無骨な老鍛冶師が最初だとは思ってもいなかった。だが真剣に答えるのが、男としての礼儀である。

「オレはただの男だ。ここことは違うモノを、少し見てきただけだ」

「……そうか」

オレの答えに、ガトンは静かにうなずく。それ以上は一切の追及はしてこない。オレの真剣な言葉から、何かを感じ取ってくれたのであろう。

「オレも質問がある。ガトン、あんたは何者だ」

オレも気になっていた疑問をぶつける。あれほどの鍛冶師の腕を持ちながら、なぜこんな辺境の村で隠居しているのかと尋ねる。

リーシャの話では、ガトンはこの大陸に数多いる鍛冶職人、その頂点に君臨する三傑の一人。本来なら大国の専属鍛冶師として、貴族と同等の富と栄誉に囲まれて暮らせる権利があるのだ。

「ワシは普通の鉄好きの男じゃ。ウルドの民に恩があって、今はここにいる。つまりオヌシと同じじゃ」

「そうか」

ガトンの答えに、オレは静かにうなずく。男には人には言えない、過去や想いがあるのだ。


「ところでオヌシは、これから村をどうするつもりじゃ？」

「生きるために足掻《あが》いていくだけだ」

食糧難や生活物資の確保、人手不足など村の問題はまだ多い。まずは厳しい冬を乗り切り、春からの計画を決めていく必要がある。

「この大陸には、まだ騒乱が多い。異なる文明はいつか、ぶつかるぞ」

「ああ、リーシャさんから聞いている」

今のところウルドの村は平和である。これは辺境すぎる山岳地帯の村という、地理的な好条件が理由だ。滅多なことで外敵は攻めてこない。

だが富を狙う輩《やから》は、どこの世界にも必ずいる。ウルドの村が潤えば危険は必ず訪れると、ガトンは言っているのだ。

「その対策はある。冬の間に子どもたちを仕込んでおく」

「ずいぶんとガキ使いが荒い、賢者殿じゃのう」

「弱い者は生き残れない。それが自然の摂理だ」

「そうじゃの……」

老鍛冶師ガトンは目を細め、少しだけ悲しい表情を見せる。この老人にも大事な双子の孫がいる。その将来を案じて、祖父の顔をしたのであろう。

「安心しろ、誰も死なせはしない」

オレのこの言葉は約束であり、自分への決意でもあった。今後どんな危険があろうとも、子どもたちは誰も死なせないと。

「ずいぶんと頼もしい言葉じゃのう」

「頼もしいついでに、妙案も浮かんだ。早急に試作を頼む」

「おい、待て！　ワシを過労で殺す気か!?」

「そこまでヤワな身体ではないはずだ。誇り高き山穴族の男は」

「当たり前じゃ！　誰にものを言っておるのじゃ」

相変わらず口の悪い老鍛冶師との会話を楽しむ。無骨で裏表のない、本当に頼もしい男である。

「ふん。もう一杯飲めるか、小僧よ」

「ああ、いただくとする」

ウルド産のクセのある地酒を飲みながら、オレは悪くない時間を満喫していく。

閑話2　氷湖の遊び

これは歓迎の宴が行われてから、二ヶ月が経ったころの話である。

季節は真冬。北方の山岳地帯にあるウルドの村に、厳しい季節が訪れていた。

雪の積もる冬の間は、野外での農作業や狩りには向かない。村人たちは室内で糸を紡ぎ、工芸品の内職に勤しんでいた。

地道な作業であるが、雪解けの春に向けて大事な仕事。老人と孫たちは伝統的な技術を継承しつつ、地道な作業に取りかかっていた。


「よし、今日は休みだ」

そんな過酷な冬のある日。今日は週に一度の休息日である。オレは村人たちに自由な時間を与え、日々の仕事から解放する。

だが、オレは村の子どもたちを広場に集合させる。休息日であるが、いいことがあると誘う。

「お前たちに、面白いプレゼントがある。欲しいヤツは湖畔に集合だ」

「えっ、プレゼント!?」

「うん、もちろん欲しい！」

オレの甘い言葉に、村の子どもたちはざわめきだす。いったい何が起きるのであろうか。そして、何が貰えるのかと興奮する。もちろん子どもたちは全員、湖畔に向かって駆けだすのであった。

◇

◇

「よく来たな。これがプレゼントだ」

一面白銀の湖畔で、オレは用意してあったプレゼントを手渡す。季節は真冬だが、今日は眩しいくらいに青い空が広がっていた。

「これは新しい武器かな？」

「鉄の斧じゃない？」

プレゼントを貰った子どもたちは首を傾げ、キョトンとした表情をしていた。見たことがない物をプレゼントされ、どう反応すればいいか困っている。

「遊び方を教えてやる。これはアイススケートだ」

オレは自分の靴に、スケートの金具をベルトで固定する。初めて見る子どもたちには、このスケート道具が鉄の斧に見えていたのであろう。

「両足に固定したら、こうして湖の上で滑る」

「うわっ！　危ないよ、ヤマト兄ちゃん!?」

「氷で滑って、怪我するよ!?」

子どもたちはびっくりして、声をあげる。なにしろ村にある湖は、冬になると完全に凍り付く。そんな氷上に、不安定な靴で乗ったオレを心配しているのだ。転んで大怪我でもしたら大変だと。

「あれ……？　転ばないね!?」

「すごい！　ヤマト兄ちゃんが氷の上を、滑って走っているよ！」

「面白そう！　速いね！」

だが悲鳴は、すぐに歓声に変わる。スケート靴で華麗に滑るオレの姿に、みんな驚いているのだ。

凍り付いた湖の上を軽く滑り、オレは湖畔まで戻ってくる。

「靴に固定する方法は、さっきの通りだ。できた者から、滑りを教える」

「うん！　僕が一番！」

「おい、オレの方が先だよ！」

「みんな待ってよー」

子どもたちは急いでスケート靴を履き始める。そして先を競うように、天然のリンクに乗ってくる。そして見よう見まねで、無理に滑ろうとする。

「うわー、転ぶよー」

「いてー、お尻が痛いよー」

案の定、向こう見ずな子どもたちは、盛大に転んでいる。オレが教えた受け身をとっているので、怪我はない。だが痛々しい光景である。

「無理に歩こうとするな。重心を移動するだけで、滑れる」

　無茶をして転んでいる子どもたちに、オレは手本を見せて教える。痛い目を見た彼らは、真剣にオレの滑りを観察していた。狩りと同じで痛みを回避するために、本能で覚えようとしているのだ。

「よし、分かった！　こうか！」

「うん……おー、見て！　滑れたよ！」

「見て見て、僕もできたよー」

　それから少し練習した子どもたちは、次々と滑りを成功させていく。技術的には未熟だが、明らかに先ほどとは違う。まさに氷湖の天然リンクで、スケートを楽しんでいる光景だった。


「凄いですね、ヤマトさま。子どもたちは、あっという間に……」

　その光景を見ていた、少女リーシャは驚いている。転んでばかりいた子どもたちの、急すぎる上達に感動しているのだ。

「ウルドの民は身体能力が高い。教えれば、何でもできるだろう」

　ウルド村の子どもたちは、日本人より遥かに運動神経がいい。森での狩りや隠密術を教えていたオレは実感していた。初体験であるスケートも、それで難なく覚えられるのであろう。

　ちなみにスケートの道具は、老鍛冶師ガトンの孫たちに作ってもらった。幼い孫たちの鍛冶練習ということで、ガトンも喜んで協力してくれた。ちなみに彼ら山穴族は、水の上が苦手でこのスケートは欠席している。

「で、でも、私は、これはちょっと苦手です……」

村長の孫娘リーシャもスケート靴を履いて、オレの隣で氷の上に立っていた。だがその足元は、おぼつかなくグラグラしている。見ているだけで心配になる立ち方だ。

「リーシャさんにも、苦手なものがあったのか。意外だな」

優れた狩人である少女リーシャは、村の中でも特に運動神経に秀でていた。そんな彼女であるが、どうやらスケートは苦手であるらしい。意外な弱点であり、可愛らしい一面でもある。

「ヤ、ヤマトさま……笑ってないで、た、助けてください……ひっ」

焦ったリーシャは、盛大に後ろに転びそうになる。あまりに危険だったので、オレは背後に素早く回り込んで助ける。身体能力が向上したオレにとっては、何てことはない。

「ヤマトさま!? ありがとうございます。で、でも、少し恥ずかしいです……嬉しいですが……」

ちょうどリーシャの全身を、オレが背中から抱きかかえる格好だ。お互いの顔が触れるほど急接近していた。リーシャは顔を真っ赤にして照れている。

「あっ、ヤマト兄ちゃんと、リーシャ姉ちゃんが抱っこしている！」

「僕、知ってるよ。パパとママも、あーやって、抱っこしていたよ！」

スケートを滑りながら、子どもたちはからかってくる。彼らにはオレとリーシャが氷上で抱擁しているように見えるのであろう。子どもは時に残酷で、ストレートに冷やかしてくるものだ。

「ちょ、ちょっと！　待ちなさい！　みんな待ちなさい！」

「うわー、リーシャ姉ちゃんが、怒ったぞ!?」

「みんな逃げろー！」

「捕まったら、怒られちゃうよー」

からかわれた少女リーシャは、むくりと立ち上がる。そして冷やかした子どもたちを、全力疾走で追っていく。

もちろん足にスケート靴を履いたままで、見事なスケーティングである。立っているのがやっとだった彼女が、今はスケート選手のように滑っていた。

（もしや怒りによって、脳内アドレナリンが放出されたのか？　それともウルドの民の……リーシャの潜在的な力が、解放されたのか？）

その不可思議な現象に、オレは様々な仮説を立てる。もしかしたら人類の進化の鍵になるかもしれない。

だが、すぐに仮説を立てるのを諦める。なぜなら子どもたちを追いかけるリーシャが、高難易度のスケートターンを華麗に決めたのだから。

（そういえば、ここは異世界だったな……）

ここでは地球の生物学や理論など、何の役にも立たない。考えるのを諦めて、氷上を眺めることにする。

「やーい、こっちだよー、リーシャ姉ちゃん」

「鬼さん、こっちだよー」

「ちょっと、みんな待ちなさい！」

真冬のウルド盆地に、にぎやかな声が響き渡る。

（悪くないな。こんな日も……）

見ているだけで、心が温かくなる光景だ。氷上の誰もが笑顔であった。今日の広がる青空のように、見ているだけで眩しい笑顔。

村の生活は改善されてきたが、決して楽ではない。辛い仕事と節約の日々である。だが、それでも笑顔を絶やさない村人たちに、オレは助けられていたのかもしれない。そう考えると、本当に感慨深い。


「やーい、何だったら、ヤマト兄ちゃんも、追いかけてきていいよー」

「でも、僕たちには、もう追いつけないかもねー」

「スケートなんて、楽勝だよね！」

リーシャと氷上鬼ごっこをしている子どもたちは、オレまで挑発してきた。悔しかったら捕まえてみろと。

「ほう、そうか」

こう見えて、オレは負けず嫌いである。そして手加減を知らない。鬼ごっこをするなら、全力で追いかける。

身体能力が向上した、この身体の全能力を解放して。

「よし……いくぞ」

こうして氷上鬼ごっこは、あっという間に終わった。

全ての子どもたちを、オレが一人で捕まえたという記録と共に。

第六章　新たなる季節

厳しい冬は去り、ウルドの村に春が訪れた。

「ようやく春ですね、ヤマトさま」

「ああ、日差しも暖かいな」

「はい、春の陽気ですね！」

オレは村長の孫娘リーシャと、村内の巡回に出かける。冬の間に破損した家屋や村の設備がないか確認して、春からの作業の計画を立てる。

ウルドの村は山岳地帯の湖畔盆地にあるが、湿気は少なく降雪量は少ない。今のところ雪による大きな被害はなく、ひと安心といったところだ。

「おや、リーシャ嬢にヤマト殿。赤ちゃんを見ていきますかい？」

村内の巡回をしていると、作業をしていた老婆が声をかけてくる。まだ早朝だというのにウルドの民は働き者である。

「行ってみますか、ヤマトさま？」

「ああ、見せてもらおう」

老婆の案内でオレたちは、赤子のいる建物へと入っていく。産まれたばかりの赤ちゃんの鳴き声が、元気に響き渡る。

「まあ……本当に可愛らしいですね」

「全部で十匹か。最初にしては上出来だな」

村で産まれたのは子豚であった。少女リーシャはうっとりとした瞳で、子豚を見つめている。その数は十匹、家畜小屋の中で一心不乱に母乳を飲んでいる。

「豚の世話は問題ないか？」

「へい、以前にも飼っていたので大丈夫ですよ、ヤマト殿」

その言葉のとおり、老婆は慣れた手つきで野豚の世話をしている。少し前までは豚以外にも、ヤギや馬、牛なども多く扱ってきたという。今は悪い領主に徴収されてしまっていたが。

「また森で獣を捕まえたら、ここに連れてくる」

「期待しているよ、賢者どの」

老婆に見送られながら豚小屋を後にして、次の巡回地へと向かう。心配していた野豚の出産が成功して、オレは心の中でひと安心する。

「それにしても、よく野豚を捕獲できましたね、ヤマトさまは」

「たいしたことはない」

リーシャの言葉にあるように、先ほどの野豚はオレが捕獲したものだ。冬になる数ヶ月前に森の奥で見つけ、捕まえてきた。

野豚の大きさや外見は、日本で見た豚とほとんど同じ。大猪とは違い気性も大人しく、家畜として飼うことにした。

捕獲したのはメスとオス合わせて数匹ほど。先ほどの老婆の力も借りて、さっそく交配させてみた。数頭のメスが無事に妊娠して、産まれたのが先ほどの十匹の子豚である。また数日後には別のメスが出産する予定だ。

（さすがは豚類の繁殖力は凄いな……）

豚の繁殖力は優れている。妊娠期間は人より短く、約四ヶ月で出産する。一度に十匹程度の子を産むため、一匹のメス豚は一年に三十匹ほどの子を産む計算だ。

更に子豚も数年で妊娠できるために、繁殖力は家畜の中でもかなり優れていた。


「豚の飼育と繁殖は上手くいきそうだな」

「はい。私も豚のエサやりの世話をしていたので、大丈夫です。ヤマトさま」

少女リーシャは華奢な見た目とは違い、経験が豊富である。

彼女が前に飼育していた時は、エサは近くの森の木の実を食べさせていたという。秋になると腹一杯食べさせて太らせる。冬前に多くの豚を殺し、塩漬け保存にする風習だという。

そこまで順調に豚の飼育が回復するまでには、少なくともあと二年はかかる。病気や気候、エサの問題もあり、そんな計算通りにいかないかもしれない。

軌道にのるまでは森の獣を狩り、肉類は補っておく。子どもたちの狩りの経験値も上がるので、今のところは一石二鳥かもしれない。


「それにしても子豚の赤ちゃんは、本当に可愛いかったですね……ヤマトさま」

「ああ、生命の力強さを感じる」

「ヤマトさまは……あ、赤ちゃんは、お好きですか……？」

隣を歩いているリーシャが尋ねてくる。赤ん坊は好きであるかという、不思議な問いかけだ。

「ああ、家畜も人も子沢山はいいことだ」

食肉を提供してくれる家畜の繁殖の大切さは、先ほどの説明のとおりだ。

また人の出産率も、集落の繁栄には欠かせない。労働力や生産性の向上のために、村での出生率もかなり重要といえよう。

「わ、わたしも、子沢山は、いいことだと思います！」

「ん？　どうしたリーシャさん。顔が赤いぞ」

「えっ……」

「もしや熱でもあるのか？　だとしたら心配だ」

「大丈夫です、ヤマトさま……私も沢山の子を産めるように、頑張ります……」

リーシャの言葉の最後の方は、小声で上手く聞き取れない。だが体調は特に異常はなく、大丈夫なのであろう。

「それでは次は、開墾した水田の視察に行くぞ」

「はい、ヤマトさま！」

次にオレたちは先日完成したばかりの、村内の水田に向かうことにする。

◇

◇

村外れに新たにできた水田にたどり着く。

ここは村内の荒れ地や麦畑をオレの考案した農機具を使って開墾し、水田へ改造したのだ。

「田んぼの水は順調に張られているな」

「これが田んぼ、なのですね、ヤマトさま」

「ああ、人の手で作り出したイナホンの水田……それが田んぼだ」

「なるほどです」

目の前には水が入った水田が広がっていた。四角形に等間隔に区切られた光景は、まさに日本の田んぼと同じである。

（異世界に田んぼか……本当に不思議な組み合わせ。だが、懐かしいな……）

あり得ない組み合わせの光景に、心の中で感慨にふける。ここは昨年の秋からオレが計画を立て、村人たちに開墾させた場所だ。

開墾は野牛《ワイルド・オックス》による耕運作業を行った。野牛はオレが森の中で捕獲したもの。それに牛耕用犂《ぎゅうこうようすき》という農機具を引っ張らせて、荒れ地の開墾に役立てた。

普通の牛の数倍の馬力をもつ野牛のお蔭で、荒れ地が見事な水田へと開墾できた。もちろん新しい農具の設計や発案は、全てこのオレである。


「これは、ヤマト殿にリーシャ嬢」

「こんな村外れまで、わざわざ巡回ですか？」

「ああ、水田と苗の状況の確認に来た」

水田の管理を頼んでいる老人たちが声をかけてくる。彼らには主に水の管理や、イナホンの苗の生育を任せていた。彼らの案内で苗小屋へと向かう。


「苗は順調に育っているな」

「へい、ヤマト殿に言われたとおり、室内の温度に気を配っていましたぞ」

「田植えまで引き続き頼むぞ」

「へい」

苗小屋の状況を確認して、細かい指示をだしておく。特に温度に関しては、細心の注意が必要だ。

「これが苗なのですね、ヤマトさま」

「ああ。もう少し育ててから、水田に植えていく」

初めて見る苗栽培についてリーシャは尋ねてくる。

「たしか、種で直に植えるよりも、こちらの方がたくさん実を付けるのですね？」

「計算では二倍以上の収穫があるはずだ」

「あれの二倍の収穫量ですか!?　……さすがヤマトさまです！」

種による直植えの経験しかないリーシャは驚いていた。現代日本では常識となっている苗式田植えは、この世界では誰もやっていない革命的な農業方法なのだ。


これ以外にも昨年の秋からオレは、いろんな農業改革を試行錯誤していた。

「苗の育成に、肥料の配合、雑草の対処など……本当にヤマトさまは、何でもご存じなのですね。本当に凄いです……」

「たいしたことではない。土いじりは嫌いではなかったからな」

リーシャは尊敬の眼差しを向けてくるが、オレが村で行っているこれらの改革は、現代日本では当たり前のこと。むしろ文明度的に近い江戸・明治時代の農業技術を、真似しているだけだ。

そう考えると日本の勤勉な偉人たちの努力は、本当に凄かったのであろう。心の中でオレは彼らに感謝する。

◇　　　◇

苗小屋を出て、村の巡回を続ける。

「あっ、ヤマト兄さま、それにリーシャさま」

そんなオレたちに、声をかけてくる少女がいた。絵描きの得意な少女クロエである。

「水田の様子を記録していたのか、クロエ？」

「はい。兄さまに言われたとおり、絵と文字で記録していました」

少女クロエは大学ノートに、分かりやすく水田の推移を記録していた。

クロエは他の子どもたちに比べて、身体があまり強くない。だが職人だった両親の影響で、絵を描くのが上手く、頭もかなり賢い。そこで書記として、村の記録を続けさせていた。

「紙はまだある。足りなくなったら言え」

「はい。いつもありがとうございます、ヤマト兄さま」

オレが日本から背負ってきた登山用の大型リュックには、大学ノートやスケッチブックも入っていた。それらのノートやペンを、今はクロエに与えている。

ちなみに『ヤマト兄さま』と呼ばれているが、赤の他人だ。他の子どもたちの『ヤマト兄ちゃん』という呼び方を、彼女なりに丁寧にしているのだ。オレに妹などいない。

「ヤマトさまの紙はいつ見ても、信じられないくらいに真っ白で、美しいですね」

隣にいたリーシャが、改まって感動している。大学ノートの品質に驚愕《きょうがく》しているのだ。

「白い紙が、そんなに珍しいのか？」

「はい、普通は羊皮紙や木の皮などです。行商人が見せてくれた紙は、もっと粗く汚くて、しかも

高額でした」

「なるほど、そういうことか」

村長の孫娘リーシャの説明には、納得のいく部分がある。日本は木の文化で、紙や和紙とも歴史的に馴染みが深い。

だが中世風のこの大陸では、まだ製紙技術は発達していないのであろう。そして、これはチャンスでもある。

「今度、村でも紙を作ってみるか」

「えっ!?　紙をですか、ヤマトさま」

「和紙ならオレでも可能だ」

「紙も作ることができるのですね、ヤマトさまは……」

「凄いです、兄さま！」

二人の少女は感動しているが、これも別にたいしたことではない。自称冒険家であった両親の影響もあって、オレは和紙作りの経験がある。

森の中で適した樹木も見つけており、製紙の道具はそれほど複雑ではない。水が豊富なウルドの村では、きっと上質な和紙を作ることができる。もちろん道具に関しては、老鍛冶師ガトンたちに作らせる。

自分でアイデアをだしたので自業自得だが、これでまた忙しくなりそうだ。

「ん……噂をすれば何とやらだな」

少女クロエと雑談をしていた、そんな時であった。

オレの名を呼びながら、こちらに向かってくる人影がある。

「ヤマト小僧の兄ちゃん！　ここにいたの」

「どうした？　ジイさんの使いか」

オレを呼びに来たのは山穴族の少年だった。オレを『小僧の兄ちゃん』と呼ぶのは村で山穴族だけだ。老鍛冶師ガトンの双子の孫のうちの一人で、よく使い走りとしてオレを呼びにくる。

「うん！　えーと、『リーシャの嬢ちゃんの弓ができたから、試し射《う》ちするぞ』だってさ。たしか」

「そうか、今から広場に行くと伝えろ」

「うん、ジイちゃんに伝えておくね！」

そう言い残して少年は、ガトンのいる工房へと走っていく。相変わらず元気で忙《せわ》しないヤツだ。

「ヤマトさま……弓というのは……」

「ああ、頼んでおいた、リーシャさんの長弓だ」

「ついに完成したのですね……」

「最終調整もある。広場に戻るぞ」

「はい、ヤマトさま！」

こうして巡回を終えて、オレは村の広場に戻ることにした。リーシャのためにオレが特別に設計した、長弓の出来栄えを確認する。

◇　◇

老鍛冶師ガトンに呼び出され、オレは村の広場に戻ってきた。

「ふん。来たか、小僧」

「それが例の長弓か？　ガトンのジイさん」

「ほれ、リーシャの嬢ちゃん用に、調整済みじゃ」

完成した長弓をガトンから手渡され、オレは軽く動作を確認する。自分の設計した通りに滑らかに稼働しており、十分な仕上がりだ。

「さすがは、ジイさんだ。たいした腕前だな」

「ふん。そんな奇怪な仕組みの弓を考える、オヌシの頭よりはマシじゃ」

挨拶代わりに軽口をたたき合う。だが、たいした腕前だというのは、オレの心からの本音で褒め言葉である。

「ヤマトさま、それが機械長弓《マリオネット・ボウ》ですか……この私の」

「ああ。最終確認をするから少し待て、リーシャさん」

今回オレが老鍛冶師ガトンに依頼したのは、複合式の長弓であった。その名も機械長弓《マリオネット・ボウ》で、使い手は狩人少女リーシャだ。

いつものように設計図はオレが描き、頑固なジイさんと一ヶ月ほど協議しながら作り上げてきた。

（だが本当に、ガトンの腕は恐ろしいな……）

弓を最終確認しながら、内心で感動する。このマリオネット・ボウは普通の弓とは違う。理論としては現世にあった複合弓《コンパウンドボウ》を参考にしていた。

複合弓は滑車やケーブルを使い、テコの原理や力学など機械的な要素で作られた近代的な弓。それを更に進化させて、オレはこのマリオネット・ボウの設計をしたのだ。


「歯車や滑車は内蔵式にしたのか？」

「あんな外部に露出したデザインには〝鉄の神〟は宿らん。ちゃんと中に組み込んでおるぞ」

「確かにそうだな」

オレが一番驚いたのは、その洗練された弓のデザインだった。マリオネット・ボウの複雑なシステムを内部に隠し入れ、外見は美しい長弓に見えるのだ。

「よし。試し射ちだ。リーシャさん」

「はい、わかりました」

最終確認が終わった長弓を手渡し、実際にリーシャに射たせてみる。見た目のデザインフォルムが優れていても、威力や使い勝手に問題があれば失敗作だ。


「では、いきます」

リーシャはスッと深呼吸をして、弓を引く。広場に設置された金属板の的を、彼女の矢先が狙う。

いつの間にか集まっていた村人たちは、息をのみ静かに見守っている。広場にいた者の全ての視線が、彼女の矢先に集まる。

「はっ！」

彼女独特の掛け声と共に、矢は空気を切り裂き放たれる。それでいて見とれるほど美しい、矢の軌道だ。

「おお！」

「これは……!?」

次の瞬間、村人たちから驚きの声があがる。試射は成功したのだ。

「凄いです、ヤマトさま……金属の板を貫通しています……」

一番驚いているのはリーシャ本人であった。

なぜならこれまでの彼女の弓では、厚い金属板は貫通できなかったからだ。それでいて手応えは、いつもの弓と変わらない。

「よし、次は連射と正確性を測る」

こぶし大の堅い木の実を、オレは用意する。次はこれが動く的となる。

「いくぞ」

「はい、お願いします！　ヤマトさま」

その声が合図となり、オレは木の実を次々と放り投げる。投擲《とうてき》する間隔は連射できるギリギリのタイミング。たとえ高威力でも他の性能が劣化しているのなら、今回の試作品は失敗なのだ。

だがその心配は杞憂《きゆう》に終わる。

「おお!?　全部、命中したぞ！」

「これほど素早く、しかもあの破壊力じゃと!?」

村の老人たちから、更なる歓声があがる。このテストも大成功に終わった。オレが投擲した全ての木の実を、リーシャは完璧に射貫いていたのだ。

「ヤマトさま……ガトンさん……これは本当に凄いです……」

衝撃のあまり、当人であるリーシャも言葉を失っていた。手元の長弓を何度も確認している。

「威力は弩《クロスボウ》より、少しだけ劣る。だが連射性と正確性、飛距離は圧倒的に機械長弓《マリオネット・ボウ》が上か」

「そういう注文じゃったろう?　オヌシの設計図では」

「ああ。だが、想像していた以上のデキだ、ジイさん」

「ふん。ワシも正直なところ、驚いておる」

設計したオレと、製作したガトンも呆気にとられている。まさかこれほど高性能なマリオネット・ボウに仕上がるとは、オレたちも思っていなかったのだ。

「もちろんクロスボウと同じで、コレは誰にも複製はできぬぞ。小僧」

「だろうな」

「ワシですら、二個目は作れんかもしれん」

「それは困る」

老鍛冶師ガトンとそんな冗談を言い合いながら、オレは平静を取り戻す。自分が設計した道具が形になった瞬間は、何回体験しても興奮するものだ。

「リーシャさん。今日からその長弓を使うといい」

「はい！　本当にありがとうございます、ヤマトさま……」

「ん？　どうした」

「ヤマトさまのお役に立てると思うと、つい感動の涙が……」

「無理をせずに。期待している」

「はい！　私頑張ります！」

少女リーシャは涙を浮かべながら、満面の笑みである。女心は相変わらず、よく分からない。だがリーシャの瞳には、強い意志が感じられる。彼女ほどの腕利きの狩人の新たなる宣言を、オレも頼もしく思う。


「ヤマト兄ちゃん！」

新しい長弓の試射が終わった、そんな時。オレの名を叫びながら、広場に向かって来る人影がある。

「どうした？」

息を切らしてやってきたのは、見慣れた村の少年だった。今日はたしか数人一組で、村の周囲を巡回していたはずだ。

「ヤマト兄ちゃん！　大変だ！　大変だ！」

「落ち着いて話せ」

興奮している少年に水を飲ませて、落ち着かせる。どんな時でも冷静さが大事だと、子どもたちには教えていたはずだ。いったい何が起きたのであろう。

「また、足跡があったんだ。しかも、今回はたくさん！」

「そうか。わかった」

忙しい田植え前のこのタイミングで大量の足跡とは、本当に嫌な知らせである。少年が見つけたのは村の者ではない、侵入者の痕跡《こんせき》に違いない。

◇　◇

不審な足跡の発見の報告を受け、オレはその現場に駆けつけた。場所は村の中心地から離れた小高い森である。

「ヤマト兄ちゃん、これだよ、これ」

「ああ、確かにそうだな」

発見した少年が指さす方向に、確かに人のいた痕跡があった。草地が踏み固められ、人の靴の足跡が点在している。獣ではなく明らかに、人為的な痕跡だ。

「人数は五人か」

「えー、四人じゃないの？　ヤマト兄ちゃん」

「よく見ろ。同じ靴の大きさでも、歩き方が違う」

「あっ、本当だ。さすがだね！」

足跡を指さし、少年の状況観察の間違いを正す。アウトドアを趣味としていたオレは、こういった森の中での観察を得意としていた。

もともとは、自称冒険家であった両親の影響で覚えた技術の一つだ。

『よーし、山人《やまと》。森の中でパパの足跡をたどって戻れたら、今日のご飯はご馳走だからな。よーい、スタート！』

そんな危険な遊びを、子どものころから親に強要された。そして嫌でも習得したその方法は、今思い出しても頭が痛くなるトラウマだ。


「ヤマトさま、これは昨年と同じ者でしょうか？」

「ああ、リーシャさん。同じ歩き方がある、間違いない」

「そうですか……」

調査に同行しているリーシャは、心配そうな顔をしている。彼女の言葉にもあるように、昨年もこの場所に足跡があったのだ。

時期的にはちょうど〝歓迎の宴〟の次の日。

村の周囲に違和感があったオレが、その足跡を見つけた。それ以来は巡回パトロールを強化させ、痕跡があったのは今回で二回目だ。

「ここからは村の全貌が見える。おそらく偵察に来ていたのだろうな」

「偵察ですか……」

遠目に見える平和な村を見つめながら、リーシャの顔はしだいに青くなる。偵察ということは、何者かが監視して狙っているのだ。自分たちの愛する故郷ウルドを。

「いったいどうすれば……」

あまりの衝撃的な事実に、彼女は言葉を失っている。

なにしろ今の村には、老人と子どもしかいない。こんな時に最も頼りになる大人は、悪い領主に強制連行されて誰もいない。

更に防御の柵もなく、湖を背にしているために逃げ場も少ない。そんな貧弱に見える村を、悪意をもった集団が狙っていたら、いったいどうなるであろうか。

まさに無防備で美味しい獲物にしか、見えないであろう。


「大丈夫だ、リーシャさん」

「えっ……」

「オレが必ず守る」

顔面蒼白になっていたリーシャの肩に手をのせ、オレは彼女を安心させる。村の平和は必ず自分が守ってやると伝える。

「ヤマトさま……」

その言葉でリーシャは、いつもの表情を取り戻し落ち着く。

「よし。お返しだ。こちらも偵察に行くぞ、お前たち」

潜入者の足跡の戻る先を見つめ、オレは巡回班の子どもたちに指示をだす。『目には目を、偵察には偵察を』その理論でこちらも相手を追跡する、と伝える。

「ヤマト兄ちゃん、もしかして……〝かくれんぼ鬼ごっこ〟をするの？」

「ああ。この足跡の隠れた先を、最初に見つけたヤツが勝ちだ」

「よし、オレ一番になるぜ！」

「ボクもがんばるんだから」

巡回班の子どもたちは、オレの説明にやる気を出す。かくれんぼ鬼ごっこは、昨年から森で狩りをしつつオレが教えた遊びだ。簡単に言うと気配を消しながら相手を見つける訓練。

だが子どものやる気を出させるには、訓練より〝遊び〟という単語を使った方が効果的だ。これは子どもの相手が苦手なオレが、試行錯誤しながら村で学んだことだった。

「ヤマトさま。私も同行させてください」

「ああ。オレの背中を頼む、リーシャさん」

「はい、任せてください！」

こうしてオレは怪しい侵入者たちを、逆に追跡していくことにした。

いったん村に戻り装備を整え、村人たちに事情を説明してすぐに出発する。足跡が真新しいうちに、相手の根城《ねじろ》を突きとめたいからだ。

「留守を頼むぞ、村長」

「ヤマト殿もお気をつけて」

万が一の時の自衛の指示を、村長に伝えておく。巡回パトロールを強化して、戦わずに退却する策だ。これでオレの留守中は大丈夫であろう。

「よし、行くぞ。お前たち」

「はい、ヤマトさま」

「いいぜ、ヤマト兄ちゃん！」

偵察のメンバーはオレと村長の孫娘リーシャと、三人の巡回班の少年たち。今回はあくまで偵察であり、目立たないように森に慣れた少数精鋭で行く。

（さて、鬼が出るか蛇が出るか……）

そんな不安を胸に、オレは侵入者たちの逆追跡を開始するのであった。

◇　　◇

村を出発して、足跡の追跡《トレース》は順調に進んでいた。

『ヤマト兄ちゃん、こっちに続いているよ』

『了解だ』

追跡中は声を出さず、合図で意思の疎通を行う。これにはウルドの民に伝わる手信号《ハンドサイン》や鳥笛を使っている。相手に気づかれない便利な連絡方法であり、オレも昨年に教わり、習得していた。

（それにしても随分と、素人丸出しのヤツらだな……）

移動する足跡から、相手のある程度の力量が測れる。そこから推測するに、偵察に来た侵入者たちは素人であった。そのお蔭で追跡は順調だが、油断せずに跡をたどって進んでいく。


（ん……あれは……）

追跡班の先頭を進んでいたオレは、後方のリーシャと少年たちに合図を送る。

『止マレ・警戒セヨ』

全員がすぐさま反応し、身を低くして停止する。この辺りの一連の動きは、昨年の秋から冬にかけてオレが指導していた隠密術である。

（あれが侵入者たちの根城か……）

オレは進行方向の先に、相手の根城を発見していたのだ。ウルドの村を出発して丸一日、森と山岳地帯を抜けた丘にその建物はあった。

（あれは破棄された風車小屋か……）

見晴らしのいい小高い丘に、古びた風車小屋がポツンと建っている。風車の羽根は折れ曲がり、既に使われている形跡はない。だが石造りの建物は、まだ使用可能である。

（見張りは二人か……）

下品な笑い声をあげながら雑談する、見張りの男たちが小屋の前にいた。その他にも小屋の中には無数の人の気配がある。正確な数は、これからオレが接近して調査する。

（やはり賊だったか。山賊団といったところか……）

古びた風車小屋を根城にしていたのは、武装した山賊たちであった。ウルドの村を狙っていたのは、こいつら山賊団だったのだ。どう見ても平和主義な集団には見えない。

（さて、調べてくるか……）

リーシャと少年を待機させ、オレは一人、風車小屋の偵察へ向かうのであった。

◇　　◇

村から偵察に出発して、ひと晩が経つ。

山賊の風車小屋の偵察から、無事にオレたちは村へ戻ってきた。

「では、状況を簡潔に説明する」

村の全ての老人たちを村長の屋敷に集め、オレは報告を始める。これは緊急の村会議で、未成年である子どもたちに参加権はない。

昨日オレが風車小屋に潜入して調べてきた情報を、包み隠さず老人たちに知らせる。

「山賊は五日後に、この村を襲う計画を立てていた」

「なんと……!?」

「五日後じゃと……」

まさかの報告に村人たちがざわつく。

不審者が村の周囲をうろついていた情報は、ここにいる全員が知っていた。だが、これほど早く相手が行動を起こすとは、誰も思っていなかったのだ。

「山賊の人数は多い。攻め込まれたら村は滅ぶ」

「そんな……」

「じゃが、たしかにこの村じゃ……」

風車小屋にいた山賊団の規模は、思っていた以上に大きかった。手練《てだ》れの剣士は多くはないが、とにかく人数が多いのだ。

防衛の柵のないウルドは守りに向かず、数で攻め込まれたら劣勢は明らかだ。オレの計算では村は一日も持たずに、焦土と化すであろう。

「ヤツらは奴隷商人とも通じていた。話の通じない山賊だ」

「なんじゃと……」

「くっ、孫たちが目的か……」

広間に老人たちの悲痛な声が響く。最悪なことに山賊たちは、子どもを狙う専門の残虐な集団だった。辺境の村を問答無用で襲い、皆殺しにして子どもを略奪することを目的としている。

オレが風車小屋内に潜入した時も、捕まっていた他の村の子どもたちがいた。特徴のある服装から草原の民ではないかと、同行したリーシャは推測していた。

調査の結果、山賊たちは草原の子どもたちを、四日後に奴隷商人に引き渡す。そして、そのままウルドの村を襲うと話していた。

盗聴によると、山賊たちは子ども以外の村人は皆殺し。家畜や金品などの財産を全て奪い、最後に村を焼き払っていくのが楽しみだと、下品な笑い声と共に話していた。

「報告は以上だ」

オレの報告は全て終わる。この後は村人全員でどうするか、話し合いで決めていく。

「財産を全て明け渡して、投降を……」

「話を聞いておらんかったのか？　ヤツらは皆殺しの……」

「村を捨てて、近隣に避難を……」

「いや、逃げ込める場所はない……」

報告が終わると、老人たちは騒がしく討論を開始する。どうすれば村と自分たちが生き残れるか、そのアイデアを出し討論していく。

「だが今の村じゃ……」

「ようやく生活も回復してきたというのに……」

だが話し合いは平行線で進み、最終的には悲観的な結論へとたどり着く。なにしろ今の村には、一番頼りになる大人たちがいないのだ。

地形的にも逃げ込む場所がなく、まさに八方塞がりの詰みの状態である。

「終わりか……」

「………」

何の解決方法も見つからない悲観的な状況に、誰もが無言となる。


「質問をしてもいいか？　村長」

そんな重い雰囲気の中、オレは手を上げて発言を求める。昨年の秋に村人の一員となった自分も、ここでは発言権は有していた。

「もちろんじゃ、ヤマト殿！」

村人たちは一斉に、オレに注目する。賢者殿はこの状況を打破する知恵を出してくれるのではないか。そんな期待の表情で見つめてくる。

「なぜ誰も、ヤツらと戦おうとしないのだ？」

「なっ!?」

「戦うじゃと!?」

オレのまさかの質問に、会議の場は再びざわつく。オレがタブーに触れたかのように、批判的な声が次々とあがる。平和を愛するウルドの民は、侵略のための戦いを禁じていると戒《いまし》めてくる。

（やはり、この反応になるか……）

これはオレが想定していた状況だった。

なにしろ体力の衰えた老人たちは、攻めの戦力として当てにできない。そして今の村では、子どもたちによる弩《クロスボウ》隊が最大の戦力である。

つまりオレの提案が『可愛い孫たちの手で、山賊たちを皆殺しにさせる。そして自分たちは生き残ろう』という内容に聞こえたのであろう。それでこんなに激高しているのだ。

誰もが血の繋がった孫は可愛いもの。その気持ちは分からなくもないが、これ以外の方法が今はないのである。

「強要はしない。オレは明日の早朝、風車小屋に出発する」

その言葉と共にオレは、会議から離席する。これ以上の話し合いは無意味だった。そして山賊との戦いの準備をするために。

◇　◇

会議からひと晩が明ける。

「朝か……」

毎朝の習慣で、陽が昇る前にオレは起床する。

暮らしている小屋の近くの小川で、顔を洗いサッパリとする。雪解け水の冷たさは、高揚する気持ちを引き締めてくれる。

　朝食は昨夜の残り物を口にしておく。これから丸一日かけて、森と山岳地帯を抜けていく。消化のいいイナホンの米を中心に食す。残りはオニギリにして、昼飯として持っていく。

「準備はこれで大丈夫か」

　朝食を終えたオレは荷物の最終確認をする。道中の水や保存食、ロープなどの野外備品。機動性を重視して最小限にとどめて荷造りする。

「さて、最後はこれか……」

　オレはいつもの狩りの道具を確認する。弩《クロスボウ》と大量の矢、数本のナイフを全身に装備していく。

（いや、今回は狩りではない。人の命を奪う戦いであり、生き延びるための殺し合いだ）

　言いわけをしかけた自分の心を、訂正する。

　この世界は甘くはない。大切な命を守るために、時には相手の命を奪う必要があるのだ。

　山賊たちが残虐非道であることは、先日の風車小屋内の〝悲惨な光景〟で知っていた。まともな話し合いが通じる相手ではないのだ。

「ふう。よし。行くとするか」

　全ての準備が終わり、小屋から外に出る。

　皆への遺書は置いていかない。なぜならオレは必ず戻ってくるつもりだからだ。たとえ相手が武装した殺人集団だとしても。

自分の身体能力が向上しても、正直なところ分《ぶ》が悪い戦いだ。なにしろオレは殺し合いには慣れていない。個人の戦闘能力で相手を圧倒しても、一瞬の心の迷いがあるかもしれない。

今のオレが一人で、あの数の山賊と戦った時の勝算は、半々といったところだ。

「だが、行くしかないな……ん？」

そう覚悟を決めた、その時であった。無数の人影が近づいてくる。

「村長……リーシャさん……ガッツそれに、みんな……」

やってきたのはウルドの民であった。

村長とその孫娘リーシャと村の老人たち。そしてガキ大将ガッツをはじめとする、村の子どもたちが勢揃いしている。

「お前たち、その格好は……」

思わずオレは言葉を失う。なにしろ全員が武装していたのだ。寄せ集めの武具ではあるが、明らかに戦いの準備である。

いったいいつの間に、村人たちは戦いの準備をしていたのであろう。そして彼らがここまで接近していたことに、自分はまったく気がつけずにいた。

（もしかしたらオレ自身も、興奮して周りが見えていなかったのか……）

昨日の会議で、老人たちを叱咤《しった》した自分を反省する。

「ヤマト殿……昨夜は不甲斐ない姿をお見せました。ワシらとて誇り高きウルドの男。共に賊退治にまいります！」

村長の号令と共に、老人たちは武器を掲げる。年老いて体力は衰えているが、その両眼には古《いにしえ》の戦士の闘志が宿っていた。

「ヤマト兄ちゃん、オレたちを置いていくなんて、ズルいよ！」

「僕たちだって、もう一人前なんだから！」

「そうそう、働かざる者食うべからず、だよね！」

子どもたちは弩《クロスボウ》を手に、自信に満ちた瞳でオレを見つめてくる。賊に捕まり悲惨な人生を送るくらいなら、自分たちの手で運命を変えてやると宣言する。

「ヤマトさまの背中は、私が必ず守ります」

機械長弓《マリオネット・ボウ》を持つ少女リーシャが、優しく微笑んでくる。まるで神話に出てくる弓女神のように、神々しく頼もしい姿だ。

「お前ら……」

想像もしていなかった光景に、自分の心が揺らぐ。村の皆を信じてやれなかった自分が、本当に不甲斐なく情けない。オレもまだまだ修行不足というわけか。

「厳しく、血なまぐさい戦いになるぞ」

「覚悟の上じゃ、ヤマト殿」

「『生きるためには強くあれ』だろ……ヤマト兄ちゃん」

「どこまでもヤマトさまについていきます」

オレの厳しい問いかけに、誰も怯んではいない。強い眼差しを輝かせながら、覚悟を決めていた。

「そうか。では、行くぞ！」

こうしてオレは動ける村人たちを率いて、山賊たちの根城へ出陣するのであった。

第七章　初めての実戦

風車小屋の山賊との戦いは、圧倒的な勝利で終わった。

「ひっ、た、助けてくれ……」

「命だけは、どうか……」

山賊たちの生き残りは、怯えながら命乞いをしている。山賊団は既に壊滅状態であり、その周りには無残な死体が転がっていた。

「どうしますか、ヤマトの〝兄貴〟？」

「予定通り、身ぐるみを剝《は》いで、ここに捨てていく」

「そ、そんな!?　こんな山奥で、オレたち死んじまう！」

「なら生き残れ。これがオレたち山犬《やまいぬ》団の、せめてもの慈悲だ」

戦いが終わり、オレたちは撤収する。

宣言通りに山賊の生き残りは身ぐるみを剝がし、廃墟と化した風車小屋へ捨てていく。馬や武器、食料も全て徴収していく。

ここから一番近い人里まで、何時間かかるか分からない。道中には危険な獣が棲息《せいそく》しており、非武装のこいつらが無事に生き残る確率は低い。

だがオレは容赦しなかった。これまでの残虐非道な行為に対する、山賊たちへの戒めである。

「よし、戻るぞ」

「へい、ヤマトの兄貴！」

ヤマトの兄貴ことオレの号令に従い、傭兵〝山犬団〟を名乗るウルドの民は、懐かしの村へと戻るのであった。

◇　◇

「ここまで来れば大丈夫だ、みんな」

風車小屋からかなり離れた所で、同行している村のみんなに、オレは警戒の解除を指示する。

裸で捨ててきた山賊の残党が追ってくる気配はなかった。もう傭兵〝山犬団〟の演技をする必要はない。

「無事に終わりましたね、ヤマトさま」

「ああ。完勝だったな、リーシャさん」

その言葉のとおり山賊たちの根城への強襲は、オレたちの圧勝に終わった。終わってみれば本当にあっという間のできごと。こちらは無傷の、一方的な戦いであった。

「ねえ、ヤマトの兄貴。もう変装は、とってもいいの？」

「ああ、大丈夫だ。それから、もう兄貴と呼ばなくてもいい」

「へい、ヤマト兄貴ちゃん！　あれ、直んないや？」

「変なのー」

後方からついてくる村の子どもたちは、口元を隠す布を外し、変装を解き始める。オレやリーシャも変装を解く。

山賊の風車小屋を強襲する時、オレたちは顔を隠して変装していたのだ。薄い布で口元を隠しただけの、簡単な変装。また自分たちの身分を隠すために、オレ以外は互いの名を呼び合うのを禁止。あだ名や暗号で呼び合っていた。

（ヤマトの兄貴か……今思うと、ずいぶんと陳腐な呼び名だったな）

オレの通り名は、ヤマトの兄貴。架空の傭兵集団〝山犬団〟の頭《かしら》という設定であった。

「それにしても、本当に私たち……勝てたのですね、ヤマトさま……」

「ああ。これもリーシャさんや、村のみんなのお蔭だ」

「いえいえ！　ヤマトさまの戦術が素晴らしかったお蔭です！」

彼女のそんな言葉を聞きながら、風車小屋への襲撃作戦を振り返る。

◇　◇

オレの立案した山賊を襲撃する作戦はシンプルだった。

まずはオレと狩人の少女リーシャが、気配を消して風車小屋へと近づいていく。他の者は距離を置き待機だ。

相手の見張りはオレの弩《クロスボウ》と、リーシャの機械長弓《マリオネット・ボウ》で遠距離から仕留めた。

「うぐっ……」

脳天を一撃で貫かれた見張りは、叫ぶ間もなく絶命した。

その後は、子どもたちの弩《クロスボウ》隊を、風車小屋の周囲に配置する。互いに同士射ちにならないように、射線を斜めにクロスさせた陣形である。これは戦国時代の鉄砲大名が愛用した、実戦的な射撃の陣形を参考にした。

包囲陣が完成してから、オレは風車小屋に忍び込む。村から持ってきた獣脂とワラに火をつけて、黒煙を焚《た》いた。獣脂は異臭と黒煙を出すので、かく乱戦法には最適である。

「おい、火事だぞ！」

オレは見張りの声を真似して、大声で叫ぶ。更に『煙と炎で焼け死ぬ前に、早く小屋から逃げろ！』と叫んだ。

「ひっ……」

「いったい何事だ!?」

黒煙と炎に驚いた山賊たちは、小屋から次々と飛び出してくる。出口は二ヶ所しかなく、建物内は蜂の巣をつついたような混乱状態だ。

「よし、撃て」

オレの合図と共に、待ち構えていたクロスボウ隊から、矢が次々と発射される。発射と矢の装塡《そうてん》のタイミングを二班に分けた、オレ考案の二段構えのクロスボウの戦術だ。

絶え間ない烈火のような激しい矢の雨が、混乱する山賊に襲いかかる。

「うぎゃ！」

「ひぐぅ！」

小屋から外に出てきた山賊たちは、クロスボウの攻撃で次々と絶命していく。想定もしていなかった敵襲を受けて、更に大混乱の渦に陥る。

「盾で防げ！」

「ひっ、盾が利かねえぞ!?」

辛うじて山賊の中には盾を使い、矢を防ごうとしていた者もいた。あの混乱した状況の中で、それも賢い選択の一つであろう。だが頑丈である盾さえも、クロスボウの矢は軽く貫通する。そして呆気にとられている賊を、次々と絶命させる。

ウルド式クロスボウの、分厚い金属鎧ですら防げない烈火の嵐。この世界の文明度では、防御すら許されない圧倒的な攻撃力だった。

「こ、降参だ！」

「たのむ！　命だけは助けてくれ！」

壊滅状態になってから、ようやく山賊たちは降参してきた。オレたちの目的は、皆殺しでも殺戮《さつりく》荷馬車も徴収して、オレたちは帰還していたのだ。

こうして戦いは終わり、生き残った残党の身ぐるみと財産を全て没収。やつらが持っていた馬と

「だが、命を助ける代わりに、身ぐるみは剥いでいく」

でもない。降伏は認める。

◇　◇

「ところで、ヤマトさま。山賊の荷馬車や財産は、本当に持ってきてもよかったのですか？」

「これは慰謝料だ。遠慮することはない」

リーシャは徴収してきた荷馬車と財産を見て、心配そうにしていた。

だが尋問したところ、これは全部やつらが強盗で奪った物。風車小屋に置いていっても、他の賊に使われる恐れがあるので徴収してきた。高価な馬や荷馬車は、ウルドの村でも貴重である。

「いしゃ料……ですか？」

「迷惑料ということだ。この子たちの、これからの生活費の足しだ」

「本当に連れてきても、良かったのですかね……草原の民の子どもたちを……」

「こいつらが自分で決めた選択だ」

荷馬車に力なく乗っている少年少女を、リーシャは心配そうに見つめる。彼らは山賊に捕まっていた、草原の民の子どもたちである。

（草原の民〝ハン族〟の子どもたちか……）

一族を皆殺しにされて孤児になった彼らを、オレはウルドの村に連れていくことにしたのだ。

◇

◇

風車小屋の山賊を壊滅させてから、日が経つ。

オレたち遠征隊はウルドの村へ戻ってきた。

「では、今回の報告をする」

村の老人たちを集め、オレは報告を始める。

山賊退治に連れていったのは、実は体力がある子どもたちだけだった。村長をはじめとする老人たちは、いつものように村で留守番をしていた。そこで老人たちに、今回の報告をするのだ。

「山賊は壊滅させた。他に仲間はなく、今後は安全だ」

「おお、それは感謝します！　ヤマト殿」

「さすがは、賢者ヤマト殿ですな！」

「たいしたことではない。リーシャさんと子どもたちの武勲だ」

老人たちはオレを称えてくる。だが一番活躍したのは子どもたちのクロスボウ隊だった。彼らの圧倒的な火力により、オレたちは一方的に勝利できたのだ。

「山賊が所有していた金品、あと馬二頭と荷馬車が戦利品だ」

「おお!?　それは貴重な」

「馬と荷馬車は、今の村には助かりますな、ヤマト殿」

山賊の所有していた物資の全てを、オレたちは徴収してきた。これは出発前に村長にも相談して、了承も得ている。

この大陸では賞金首の、残虐非道な山賊に人権はない。討伐した者に徴収物の所有権が認められており、今回も問題はないという話だった。

調べてみると山賊たちは、けっこうな金品を貯め込んでいた。今回の徴収した金品は、ウルドの村の運営に使う。

また貴重な馬が二頭も手に入ったのは大きい。物資の運搬や農耕に使える馬は価値が高く、重宝される。


「風車小屋は完全に破壊してきた」

「それはひと安心じゃ」

「そこまで知恵が働くとは。さすがは賢明な判断ですな、ヤマト殿」

山賊が根城としていた風車小屋は、二度と使えないように破壊してきた。

小屋は獣脂と火で全て燃やし、残ったのは石造りの廃墟状態。今後も他の賊の再利用は不可能である。

「最後に報告だ。ハン族の孤児たちを、ウルドの村に迎えることにした」

「なんと……あの名高い草原の民のハン族の……」

「困っている者を、ウルドの民は見捨ててはおけません」

「さすがはヤマト殿、慈悲深き方じゃ」

この案件はオレが思っている以上に、老人たちから歓迎された。ウルドの民は困っている者を見捨てておけないのだ。

ちなみに風車小屋で山賊に捕まっていたハン族の孤児たちは、両親を皆殺しにされて、奴隷商人に売られてしまう一歩手前。それをオレが助けて、ウルドの村に連れて帰ってきたのだ。もちろん孤児たち本人の承諾は得ていた。

「今はリーシャ嬢と老婆衆が、ハン族の子どもたちに朝飯を食べさせておる……」

「空き家を彼らに割り振りして、世話をしてやろう……」

「村の生活に慣れるまでは、老婆衆に世話をさせていこう……」

今後のハン族の子どもたちに対する方針を、老人たちは論議する。

ウルドの民は、移民や移住者に対して寛容な部族だ。歴史的に彼ら自身も、流浪の末にこの山岳盆地に移住してきた民。それで寛大な心を持っているのだ。

「では、これにて閉会じゃ」

村長の言葉で、村会議は閉会となる。

◇　　◇

会議が終わったオレは、リーシャの下を訪ねた。

「リーシャさん、ハン族の子どもたちの様子はどうだ？」

「ヤマトさま、おはようございます。今も元気に、朝食を食べています」

彼女はハン族の孤児の世話をしていた。そんな子どもたちの様子を、オレも久しぶりに見に行く。

村の老婆衆に世話をされながら、広間で子どもたちは食事をしていた。

「あっ、ヤマトの兄《あに》さま！　おはようございます」

「クランか。食事は沢山ある。よくかんで、ゆっくり食え」

「はい！」

ハン族の一人の少女が食事をやめ、律儀に挨拶をしてくる。彼女の名はクラン。ハン族の族長の一人娘で、この孤児たちのまとめ役である。

「だいぶ顔色も良くなってきたな、クラン」

「はい、ありがとうございます、兄さま。こんなに美味しい食事は初めて。みんな感動しています！」

「それは粥《かゆ》だ。消化にいい」

「カユですか……こんな美味しい物は初めて食べました」

ここ数日でクラン、そしてハン族の子どもたちは元気に回復していた。

なにしろ風車小屋で保護した時、彼女たちは酷い有り様。ろくに食事も与えられずにやせこけ、絶望に瞳も虚ろだった。

ウルドの村に連れて帰ってきてから、クランたちを清潔にするため水浴びをさせ、温かい食事を与えた。そのお蔭もあり、この数日で体力と精神力も回復していた。

今朝は生気のある輝いた瞳で、孤児たちは元気に食事をしている。

「助け出した時も言ったが、お前たちはこの村に住んでもいい。その代わり、元気になったら働いてもらうぞ、クラン」

「はい！　ハン族の名を汚さないように、誠心誠意で仕えさせていただきます、兄さま！」

どうもこのハン族は、生真面目すぎる気質があるらしい。だが真面目に働く者は、村では大歓迎だ。


「ところで、ヤマトの兄さま、お願いがあります」

「なんだ、クラン」

ハン族の少女クランがスプーンを置き、真剣な表情で口を開く。よほど大事な頼みごとなのであろう。

「実は、私たちの部族の形見の品があります。その場所まで連れていって欲しいのです！」

「形見の品か。ああ、もちろん大丈夫だ」

こうしてオレは、クランの頼みを聞くことにする。家族を皆殺しにされた彼女たちにとって、形見の品は命の次に大事だという。

クランたちの体力が完全に回復した数日後に、オレはウルドの村を出発することにした。

◇　◇

ハン族の少女クランの頼みを聞いた日から、数日が経つ。

オレたちは部族の形見の品を探しに、村を出発していた。

「形見の品のある場所は、正確に分かるのか、クラン？」

「はい、ヤマトの兄さま。もう少し進んだ先に〝いる〟はずです」

「いる……か。なるほど、それならもう少しだな」

ハン族の少女クランの案内で、オレたちは目的の場所へと向かう。

ちなみに今回のメンバーはオレと村長の孫娘リーシャ、元気になったハン族の子どもたちである。

特に大きな危険はないので、クロスボウ隊は村で待機だ。

「山歩きの体力は大丈夫か、お前たち」

徒歩での移動が続き、同行するハン族の子どもをオレは気づかう。

「はい、お気づかいありがとうございます、兄さま。我らハン族は、体力には自信があります！」

ウルドの村で休養したクランたちは、すっかり元気になっていた。幼いころから、厳しい草原を生き抜いてきた部族はたくましい。

「あっ……ヤマトの兄さま、この辺りです。形見の品がいるのは」

「そうか、この草原か」

クランの案内でたどり着いたのは、小さな草原であった。ウルドの村から離れた場所にあり、リーシャも初めて来る場所だという。

「では、形見の品を呼び出します……上手くいけばいいのですが」

少女クランは小さな笛を取り出し、口にする。他の子どもたちも同じように、小笛をくわえる。

『ピィー』

彼女たちが息を吹き出すと、微《かす》かに音が鳴り響く。これは人の耳には聞こえない部族秘伝の笛だという。

おそらくは犬笛のように人が感知できない周波数を出す、特殊な笛なのであろう。身体能力と五感が向上しているオレですら、ほんの微かにしか聞こえない。

ハン族の子どもたちは、何度か時間を空けて笛を鳴らしつづける。オレには分からないが、笛のリズムや吹き方によって意味があるらしい。

そして笛を吹いてから、一時間ほど草原で待っていた……その時である。

彼女たちの形見の品が土煙を上げ、草原の向こうからやってきた。

「ほう。これが形見の品か、クラン」

「はい！　良かったみんな無事でいてくれて……」

ハン族の子どもたちは安堵《あんど》の表情で、駆け付けた形見の品である馬群に近づいていく。

「これが名高い〝ハン馬《ば》〟……なのですね、ヤマトさま」

「そうらしいな」

オレの隣にいたリーシャは、驚いた顔でその光景を見つめている。

ハン族の孤児たちが探し求めていたのは、馬の群れであったのだ。彼女たちが命の次に大事にしている、自分たちの飼い馬であった。

「凄いです……噂には聞いていましたが、ハン馬は本当にいるのですね」

「それほど有名なのか、リーシャさん」

「はい。この大陸では三大名馬の一つとして名高い馬です」

リーシャの説明によると、このハン馬はかなり希少な大型馬だという。

優秀であるために、大陸各国の騎士や将軍がこぞって愛用。全財産をなげうってでも欲しい軍馬としても有名だと。

だが草原の民である彼らは、家族のように大事に育てる。そのために滅多なことでは市場には出回らない希少馬。ゆえに目玉が飛び出るような高額で、取引されているという。

（なるほど、確かに大きくたくましく……そして美しい馬だな）

続々と集まってくる褐色のハン馬を見つめながら、オレも感動する。

自称冒険家であった両親の影響で、幼いころからオレも世界中を旅していた。その時に各国の名馬を目にする機会もあり、実際に騎乗も体験している。

だが、これほどまでに艶《つや》やかで、美しい名馬は初めて目にした。『美しい馬は必ず名馬である』これはオレの経験から編み出された格言だ。


「ヤマトの兄さま！」

美しいハン馬の群れに見とれていた、その時であった。

「逃げてください！」

ハン族の少女クランが、大声で警告してくる。

「申しわけありません、暴れ馬です！　逃げてください！」

オレとリーシャがいる場所に、一頭のハン馬が向かってきた。かなりの巨馬で気性も荒い。

久しぶりの人との接触で、興奮状態になってしまったのか。もしくはハン族ではないオレたちを、敵と認識してしまったのか。とにかく興奮して突進してくる。

（これはマズイ……）

危険な状況だった。身体能力が向上しているオレは、突進を避けられる。だが隣にいるリーシャは難しい。

これほどの巨馬の体当たりを食らったら、リーシャはひとたまりもない。命の危険もあるであろう。

（こうなったら仕方がない……）

意を決したオレは、彼女を守るように巨馬に向かっていく。

「ヤマトの兄さま！」

「ヤマトさま！　私に構わず。逃げてください！」

クランとリーシャの悲痛な叫びが、草原に響き渡る。だが構わずオレは、巨馬に向かって駆け出す。自分に注意を引き付けるように、わざと挑発する。

「ヒヒーン」

愚かで矮小《わいしょう》なオレを踏み潰そうと、巨馬は太い前脚を振り上げる。肉食獣すらも即死させる、鋭く強烈な蹄《ひづめ》だ。

「はっ！」

だが、その前脚を寸前で躱《かわ》し、オレは巨馬に飛び乗る。

背中に鞍《くら》と綱もない危険な状態。だが振り落とされないように、必死でしがみつく。

「ヒヒーン！」

案の定、怒った巨馬は背中のオレを振り落とそうと、激しく暴れ回る。邪魔な人を地面に叩き落として、踏み潰そうと暴れる。

「ヤマトの兄さま！」

「ヤマトさま！　今助けます！」

「待て！」

自分を助けようと弓を構えたみんなを、オレは声で制する。

この巨馬を弓で殺したら、今後の他のハン馬の士気に関わる。何より家族同然の馬を、クランたちに殺させたくない。

「ヒヒーン！　ヒヒーン!!」

そんなオレの態度に激怒したのか、漆黒の巨馬は更に暴れ回る。本場アメリカで体験したロデオマシーンの、何倍もの衝撃とGがオレの全身を襲う。

しかも今回は鞍も綱も一切ない裸馬の状態。一瞬でも気を抜いたらオレの命はお終《しま》いである。

（くっ……上等だ……）

こう見えてオレは、大の負けず嫌いだ。どちらが先に折れるか、根比べといくとする。

◇　　　◇

永劫《えいごう》とも思える時間は、終わりを告げた。激戦に勝負がついたのである。

先ほどまで草原に鳴り響いていた巨馬の叫びも、今は静かになっていた。

「ヤマトさま！　よくぞご無事で」

根比べに勝った馬上のオレに、みんなが駆け寄ってくる。

漆黒の巨馬は自分の負けを認め、オレに従い大人しくしていた。どうやらオレのことを主《あるじ》として認めてくれたようだ。

「凄いです、ヤマトの兄さま！　その巨馬は部族の猛者《もさ》でも乗りこなせなかった、王馬の一族です！」

「そうか、どうりで手ごわいはずだ」

ハン族の少女クランの言葉に答えていたが、オレの全身は汗だくのボロボロだ。

まだ体力は残っているが、本当に大変な根気と力比べ。できれば、もう二度と挑戦はしたくない。

「ヤマトの兄さまは、優れた馬乗りでもあったのですね……素晴らしいです！」

「悪いがオレは馬乗りでも騎兵でもない。とにかく村に戻るぞ」

「はい！」

こうして名馬のハン馬の群れを引き連れて、オレたちはウルドの村に凱旋するのであった。

第八章　新たなる問題

草原にいた三大名馬〝ハン馬〟を引き連れ、村に凱旋してから、数日が経つ。

ウルドの村では、稲によく似た穀物イナホンの田植えの真っ最中であった。

「ヤマト兄ちゃん、植える間隔はこれでいい？」

「その線に合わせて、もっと間隔を空けろ」

初めて田植えを体験する村人に、現場監督であるオレは的確な指示を出す。

「えー、そうなの？　いっぱい植えた方がよくない？」

「詰めすぎても収穫量は減る。お前たちの食える量が減るぞ」

「げっ、それはまずい。すぐに直さないと！」

事前に説明はしていたが、慣れない田植えに子どもたちは四苦八苦している。がむしゃらに植えても、いい稲は育たない。正確な知識と根気が必要なのだ。


「ヤマトの兄《あに》さま、これで大丈夫ですか？」

「ああ、上出来だ。クランたちは、ずいぶんと上手いな」

「ありがとうございます、兄さま！　ハン族は草原と共に生きる部族。草の扱いには慣れております！」

　そんな中でも新しくウルドの村の住人となった、草原の民ハン族の子どもたちはなかなかの田植え上手である。

　生まれた時から馬やヒツジの世話をしてきた彼らは、常に大量の草葉を扱う。そういった意味でも慣れているのであろう。


「ヤマト兄さま……これで大丈夫ですか？」

「ああ、上手く記録しているな、クロエ」

「はい、ありがとうございます」

　絵描きの少女クロエには、今は田植えの記録をさせていた。イナホンの育成には年間を通して、細かい注意が必要である。クロエの描いた記録が、今後の村の発展に必要になるのだ。


「ヤマト殿、ワシらの方も見てくだされ」

「ああ、それで大丈夫だ。あまり無理するな、村長」

「これまでの麦の世話に比べたら、楽なものですぞ、ヤマト殿」

　田植えには村の老人たちも参加していた。手植えの作業は稲刈りと同じく、一年で一番人手と時間がかかる。年配者である彼らの手助けはありがたい。

こんな感じで、村人総動員で田植え作業を進めていた。今年の田植えをする場所は、森の中の天然の水田と、村中の荒れ地を開墾した水田の二ヶ所である。

かなり広い面積であり、みんなで協力して根気よく作業を続けていく。

◇　◇

そんな田植え作業を開始してから、更に数日が経つ。

「よし、田植えはこれで完了だ。みんな、よくやったな」

村人総動員の田植え作業は遂に、完了した。泥だらけになりながら頑張った村人たちに、オレは声をかけて労をねぎらう。

「ねえ、最後の一本はオレが植えたんだぜ。凄いだろう！」

「違うよ、僕のが最後だよ！」

「いいえ。私たちハン族の水田の場所が、ここから遠いので最後でした」

「「えー、それはズルいよー！」」

重労働の田植えが終わる。だが相変わらず子どもたちは元気いっぱいだ。

「やりましたな、ヤマト殿」

「ああ。村長たちもよく頑張ったな」

「この老骨も、まだまだ孫たちには負けていられません」

村長をはじめ他の村人たちも、田植え作業に疲れ果てている。だが、その顔は何とも言えない充実感に包まれ、誰もが笑みを浮かべている。

「身体を洗った後は、広場に集合だ」

この後のスケジュールを、オレは村人たちに指示する。

村内の小川で身体をキレイにした後は、みんなで昼飯の時間。今日の午後は特別に、全ての仕事を休みにする。

「おお！　昼飯、それに休み！　よし、一番のりで小川に行かないと！」

「ハン族は負けず嫌いなのです。駆けっこも勝たせてもらいます」

「あん？　乗馬ならともかく、駆けっこでウルドの民が負けるわけにはいかないんでね！　よし、競走だ！」

「あー、みんな待ってよー」

子どもたちは一斉に小川に走り、一番で昼飯にありつこうとする。さすがに子どもたちは生命力の塊である。そんな元気でやんちゃな光景に、オレは心の中で苦笑いする。

「子どもたちは本当に元気ですね、ヤマトさま」

「ああ、そうだな」

村長の孫娘リーシャも、その光景を微笑ましく見つめている。先日、十四歳の成人を迎えた彼女にとっても、村の子どもたちは眩しく目に映るのであろう。

「リーシャさんも昼飯を食べたら、今日は休んでくれ」

「はい、心づかいありがとうございます。もちろんヤマトさまも、休みですよね？」

「ああ、今日はゆっくりさせてもらう」

数日間の重労働をねぎらうために、午後は村人たちを強制的に休みにしていたのは、日本の祖母の田舎の習慣を真似たものである。強制半休は田植えの疲れを回復させ、村人たちの親睦を深める目的がある。

重労働を互いに協力して完成させた後は、何とも言えない連帯感が生まれ親睦が深まる。特に孤児であるハン族を新しい村民に迎えたこともあり、彼らとの垣根を少しでも取り払うのが目的であった。

「子どもたちは、もうすっかり仲良くなっていますね、ヤマトさま」

「ああ、図々しいというか、子どもは本当に元気だな」

そんなオレの気づかいをよそに、ウルド族とハン族の子どもたちは既に仲良くなっていた。大人のような先入観やプライドがなく、直球勝負で見ていて清々しい。

「よし。オレたちも昼飯に行くとするか、リーシャさん」

「はい、ヤマトさま！」

田植えの最終確認が終わり、オレたちも皆がいる広場に向かうことにした。

◇　　◇

広場での田植え慰労会は、笑顔と共に盛り上がっていた。村人全員が集まり昼食を口にしている。

「今日はオニギリと鍋をたくさん作ったから、たんとお食べ」

「うん！　いただきます！」

「そう、いただきます、だね！」

老婆衆が用意してくれた昼飯に、誰もが喜び食事をしている。

オレが前に教えた感謝の言葉『いただきます』と、イナホン米から作る『オニギリ』は、この村でもだいぶ浸透してきたようだ。ウルドは自然を崇拝して畏敬する民であり、そのあたりは日本とよく似ていた。

「よし、一番！　次、おかわり！」

「僕も、おかわり！」

子どもたちは先を争うように食べ終え、お代わりの食事に群がる。成長期である彼らは、底なしの胃袋をもっているのであろう。

「ヤマト殿も、一杯いかがですか？」

「ああ、いただくとする」

一方で広場の上座にいる老人たちは、地酒で疲れを癒《いや》している。

今日は慰労の宴ということで、村の貴重な酒も昼から解禁だ。酒は嫌いではないオレも、軽くいただくとする。

「ガトン殿も、どうぞ一杯」

「うむ、かたじけない。村長よ」

山穴族《やまあな》の老鍛冶師ガトンも腰を下ろし、慰労会を満喫していた。ガトンは直接的に田植えには参加していない。

だが、新たなる道具を作り上げるために、ずっと試行錯誤を繰り返していたのだ。もちろん酒を楽しむ権利は十二分にある。

「それにしても田植えは手作業で、随分と効率が悪いのう、小僧」

「今のところ、こればかりは仕方がない」

「ふん、賢者殿をもってしても、知恵が浮かばぬか？」

「野牛に引かせる、複雑な田植え機なら考えられる。どうするジイさん？」

「いや、遠慮しておこう。今はオヌシに頼まれた他ので、手いっぱいだ」

田植えを、効率化させる道具の製作は難しい。日本でもエンジン田植え機が登場するまで、手植えが主流だったはずだ。ガトンが落ち着くまで、田の世話に関しては今後も手作業でいくつもりだ。

「ヤマト兄《にい》さま……」

ガトンと談話していた、その時である。小さな声でオレを呼ぶ者がいた。

「どうした、クロエ。何かあったか？」

声をかけてきたのは、絵描きの少女クロエであった。

手に記録台帳を抱えている。もしかしたら何か問題が起きたのかもしれない。オレは席を外し、詳しく話を聞くことにする。

「実は……食糧庫の在庫のことで問題がありまして……」

「なるほど、そうか。よし、食糧庫を見に行こう」

報告を聞いて、オレは唖然とする。新たに発生したその問題を確認するため、食糧庫に向かうのであった。

◇

◇

少女クロエの報告を受けて、オレは村の中心部にある食糧庫にやってきた。

村長の孫娘リーシャを合わせた三人で、食糧庫の中の状況を確認する。老鍛冶師ガトン特製の鍵を開け、食糧庫内の貴重品庫を確かめる。

「なるほど、これは確かに問題だな」

「気づくのが遅くなり、申しわけありません。ヤマト兄さま……」

「いや、クロエの責任ではない。状況は常に流動的だ」

「ありがとうございます……ヤマト兄さま」

落ち込んでいる絵描きの少女クロエの頭を撫《な》でて、元気を出してやる。彼女は誰よりも早く問題に気がつき、報告してくれた功労者なのだ。


「確かに塩の減りが早いですね、ヤマトさま……」

「ああ、リーシャさん。このままだと予定よりも、早くなくなる」

問題となっていたのは村の食糧庫にある、塩の備蓄量であった。オレの計算だとこれから遠くない日に、村の塩の在庫が尽きてしまうのだ。


〝塩不足〟

これは村にとって一番重要で、最も頭の痛い問題である。

なぜならウルドの村は山岳地帯の盆地にある。塩の採れる海から遠く、手に入れるのに苦労する地形的な問題があるのだ。

『人は塩分がないと、生きていけない』これは異世界でも深刻な問題である。

「塩はかなり節約を徹底していたのですが……」

「おそらく村の変化が原因であろう」

「確かに……そう言われてみると、そうですね」

今回の塩不足は、おそらく自分に原因があった。ウルドの民の食事の風習に関して、把握し切れていなかったのだ。一番の問題は塩漬け保存に使う、塩の多さであった。

（冷凍庫がないこの世界で、塩漬けは常識……）

中世風のこの世界では、食材はとにかく塩漬けにされる。湖で捕れた川魚に、森で仕留めた獣の生肉など。特に最近では大兎《ビック・ラビット》と大猪《ワイルド・ボア》の生肉の保存に、かなりの量の塩を使ってしまった。

孤児を保護して食糧難を解決してきたことが、裏目に出てしまった。だがないものを悔やむより、別の解決方法を探ることにする。

「これまで塩は買っていたのだな？」

「はい、行商人から仕入れていました」

これまで村では、定期的に来村する行商人から塩を買っていた。かなりの高値であったが、村の特産品と交換して購入していたのだ。

「だが、大盗賊団が出没してから、行商人は来なくなった」

「はい……こちらから南の街へ、買い出しにも行けなくなりました」

今のウルドの村の問題の一つは、ここが完全に閉鎖された集落であること。近い南の街までの街道沿いに、大盗賊団が出没していたのだ。

規模は先日の風車小屋の山賊の比ではない。ちょっとした都市国家並みの規模だという噂である。

「大盗賊団の問題は後回しだ。塩を入手する手段を探そう」

大盗賊団の根城は、この村からかなり遠い場所にある。前回の山賊のように、向こうからこの辺境を襲ってくる確率はかなり低い。戦力的には討伐は難しく、今は放置しておく。

それよりも確実に塩を入手できる方法を、模索する必要がある。

(塩か……)

地球の歴史でも、塩の必要性は高かった。むしろ塩の歴史が、人類の歴史だと言っても過言ではない。人類は原始的な狩猟時代は、獣の内臓や脊髄から塩分を摂取していた。

その後の農耕時代は天然の塩田や、海水からの精製で塩を得て、人類は爆発的に発展してきた。生きるために必須の塩は専売特許の国が多く、その利益は莫大な税品だ。

(ウルドは山岳地帯……海からは遠い……)

近くに海水があれば、オレの現代知識で食塩は精製できた。だが、ここは海岸から離れた湖畔盆地であり、ないものは作れないのだ。


(となると違う手段で……いや、まてよ)

思慮を広げていた、その時であった。

オレはある記憶の映像を思い出す。この村で見かけた、とある記憶が甦ったのだ。

「リーシャさん、クロエ。塩に関してはオレに任せろ。解決策がある」

「本当ですか!?　ヤマト兄さま」

「よろしくお願いします、ヤマトさま」

責任感から青い顔になっていた二人の少女は、オレの頼もしい言葉に元気を取り戻す。塩不足はデリケートな問題のため、今は村長以外には秘匿情報にしておく。

「では、行ってくる」

オレは食糧庫に二人の少女を残し、塩問題を解決する鍵となる人物を訪ねる。

◇　◇

「どうやら、ここにいたな」

村の広場を経由してから、オレは目的の人物がいる場所へとたどり着く。

建物の中から気配がするので、ここの主はいるのであろう。

「入るぞ、ジイさん」

「なんじゃ、小僧か。また何か面白い設計図でも描いたのか？」

オレが訪れたのは村外れにある鍛冶師工房。目的の人物は山穴族の老職人ガトンだ。

「どうしたのじゃ、いつになく真剣な顔で」

「実はジイさんに聞きたいことがある」

「うむ、なんじゃ」

ガトンに表情を読み取られるとは、オレのポーカフェイスもまだ修行不足か。

死活問題である塩のことで少し焦っていたのかもしれない。

「ソレの在りかを知りたい」

「これじゃと……」

オレはガトン工房の棚にある、赤結晶の彫刻品を指差して尋ねる。

工芸的に削り作り出したのはガトン本人であり、入手先も知っているはずだ。

「これは……普通の岩塩の結晶じゃぞ？」

「ああ、知っている」

オレは前にここに来た時、この彫刻を見て記憶していたのだ。工房の中にこの珍しい岩塩の赤い結晶があったことを。

「『山穴族は山の真理を知り尽くしている』……だろ？」

「ああ、そうじゃが………」

なにしろ頑固者である山穴族は、同族が掘り出し加工した金属や岩石しか愛用しない。

つまりガトンのジイさんは岩塩の在りかを知っているはずだ。

「それか………」

なぜかガトンは言葉を濁している。何か事情があるのかもしれない。

だがこちらとて死活問題であり、遠慮している場合ではない。聞きだすまでオレは帰らないと伝える。

「その岩塩の結晶は、この近くの岩塩鉱山からワシが採掘した……」

「なに、近くに岩塩鉱山があるのか？」

「ああ。じゃが、今は何人《なんぴと》たりとも、その鉱山には近づくことができない……」

頑固者で怖いもの知らずのガトンが、消えるような小さな声でつぶやく。

こんな弱気なジイさんを初めて見た。

「話してみろ。聞いてやる」

オレは老鍛冶師ガトンに事情を聞くことにする。

「その岩塩鉱山は、もう採掘できないのか、ジイさん？」

「いや、埋蔵量はまだまだある。ワシの見込みじゃ、大陸でも屈指の岩塩埋蔵量と言っても過言ではない」

「ほう、それは凄いな」

「まだ若い鉱山じゃからのう……」

鉄と岩をこよなく愛する山穴族は、優れた鉱山師でもある。

有能な鉱山師として各国に仕えている者もおり、彼らの慧眼《けいがん》によりその国の塩の発掘量と経済が左右されることもあるという。

大陸でも有数の鍛冶師の腕と目を持つガトンの推測によると、ウルド近郊の岩塩の埋蔵量はかなりのものだという。

もちろん小さな村で使用するには十分すぎるほどの塩があるのだ。

「それなら岩塩鉱山は他の誰かの所有物で採掘できないのか？」

「いや、今は放棄されて誰の物でもない……しいて言うならば〝試練を乗り越えた資格ある者〟の所有物となる」

「試練か」

「ああ……」

オレは遠回しな会話はあまり好きではない。だが今回だけは特別にガトンの話を聞いていた。

老鍛冶師ガトンは優れた職人であると同時に、明晰《めいせき》な頭脳をもつ男だ。

その者が言葉を濁し慎重に口を開いているのだ。最後まで聞いてやるのが筋であろう。

「ならオレからも単刀直入に言う。村の危機だ」

オレは村の塩不足問題を包み隠さずガトンに伝える。この男なら口も堅く信用できる。

「そうじゃったのか……」

ガトンは静かにうなずき、意を決したように鉱山の話の続きを語りだす。

「実は、その岩塩鉱山に〝霊獣《れいじゅう》〟が降臨したのじゃ……」

「霊獣だと」

「ああ……霊獣じゃ……」

老職人ガトンは静かに語る。

今から百年以上前、ウルド岩塩鉱山は山穴族によって採掘されていた。採掘された高品質の岩塩は、商人を介して大陸各地に流通していたという。

若かりし日のガトンも、鍛冶職人をしながら採掘にも携わっていたという。

「百年前だと？」

「山穴族は人族より長寿なのじゃ」

「なるほど」

だが順調だった岩塩鉱山に事件が起きた。

ある日突然、霊獣が降臨してしまったのだ。

「霊獣降臨は災厄であり天災じゃ……」

ガトンの話によると、この大陸には〝霊獣〟と呼ばれる謎の獣が突如として降臨するという。

外見は様々な獣を模しているが生態系は不明。場所や時期の規則性はまったくなく、いきなり現れる。

遭遇した人々は災厄や災害のごとく逃げ出し、その土地を放棄するしかないという。

「働いていたほとんどの山穴族が、霊獣に殺された……」

「そうか」

「ワシも大怪我を負いつつも、辛うじて逃げてこられた。気がつくと、このウルドの民に救われていたのじゃ……」

「それでウルドの民に恩義があるのか」

「ああ、そうじゃ……」

話を聞いていくうちに疑問が浮かんでくる。

岩塩鉱山といえば、金鉱にも匹敵する価値があると聞いていた。それをたった一匹の獣のために放棄する必要があるのか。

「霊獣を退治できないのか？　兵士や騎士団を動員して」

「無理じゃ……霊獣は〝呪い〟を持っておる」

「〝呪い〟だと？」

「ああ人の負の感情を乱す呪いじゃ……」

霊獣は普通の獣の何倍もの凶暴な力と、不思議な能力を持っているという。

中でも一番厄介なのが〝呪い〟の能力。呪いは敵対する集団の負の感情を乱すという。

その呪いの力を大陸中に知らしめる事件が二百年前に起こった。

とある土地の霊獣を討伐しようと、中規模の都市国家が騎士団を派遣したのだ。

だが霊獣を前にして、騎士団は同士討ちをして全滅。更にはその都市国家も、数ヶ月後に謎の奇病により全滅したという。

『霊獣の〝呪い〟は国すらも亡ぼす』

それ以来、どの国家や領主も霊獣には手を出さなくなった。去るまで決して触れてはいけない、禁忌《きんき》の存在として幼子でも知る戒め話である。

「言い伝えによると過去に霊獣を倒した英雄は何人かいた。〝呪い〟を回避するために〝たった一人〟で霊獣に挑み、生き残ったという話じゃ……」

「つまり霊獣には〝一人〟で挑む必要があるのか」

「ここ数十年……そんな英雄は現れておらぬがな……」

「なるほどな」

だいたいの話がつかめてきた。

〝霊獣〟という獣は、相手を同士討ちさせる不思議な能力を持つ。

それゆえに大人数での討伐が不可能。たった一人の個人の武で倒すしかない。

だが霊獣の戦闘能力は段違いに高く、この異世界の実戦慣れした騎士や戦士の猛者をもってしても難しい。

「だから鉱山はすぐそこにあっても、この岩塩は手に入らないのじゃ……」

老職人ガトンは棚の岩塩彫刻を見つめる。

これは百年前に無我夢中で持ちだした、たった一つの同族の形見だという。

亡くなった彼らのことを忘れないために、そして霊獣の恐ろしさを忘れないための自分への戒めの品。だがガトンの瞳には、自分の不甲斐なさを悔やむ涙が浮かんでいる。

「話は分かった」

状況を整理し、意を決したオレは口を開く。

「岩塩鉱山の入り口まで案内してくれ」

「な、なんじゃと!?　人の話を聞いていなかったのか、小僧!?」

ガトンは驚愕した顔で聞き返してくる。霊獣は大国家すら手を出せない危険な存在なのだと。

「話は聞いていた。〝呪い〟を受けない手前までの案内を頼む」

「冗談を言っている場合ではないぞ……」

「オレが冗談を嫌いなのは知っているだろう」

「ああ、そうじゃったな……」

老職人ガトンとはまだ短い付き合いだ。だが、オレはこれまで本音と本気をぶつけ合って接してきた。

それでなければ村の改革のための、真の道具などは編み出せないからだ。

ある意味この村で、オレのことを一番よく知っている人はガトンである。

「勝算はあるのか？」

「ダメだったら、尻尾を巻いて逃げる」

「そうか……準備まで七日くれ……」

「わかった。七日後の朝に出発だ」

老職人ガトンは出発前に準備をしたいと言った。

ちょうどオレも村の残務や、討伐の準備で時間が欲しいところだった。

◇　　◇

ガトン工房を離れたオレは、村のみんなを集めて今回の事情を包み隠さず話すことにした。

村の塩の在庫が死活問題であること。その解決のために自分が一人で、霊獣の討伐に出かけるということを正直に話す。

「ヤマトさま、危険すぎます！」

「無茶だよ！　兄ちゃん！」

危険すぎるこの賭けに、誰もが反対の意見を唱える。

「オレを信じろ。必ず生きて帰ってくる」

だが村が生き残るための最終手段として、みんなは了承してくれた。

もちろん危険になったら、オレは退却してくるという条件付きだ。

（だが、そう簡単に霊獣から逃げられるとは思わないがな……）

自分の危険予知信号が、最大限の警戒を出していた。おそらくは霊獣はそんな甘い存在ではないと。

だがオレのその危険な推測は、誰にも言わないでおく。

そしていよいよ岩塩鉱山に出発する日が訪れた。

第九章　岩塩鉱山へ

岩塩鉱山に挑む日がやってきた。

老鍛冶師ガトンの案内で、村から岩塩鉱山の入り口までたどり着く。

「この双子岩から先が霊獣の〝呪い〟の範囲じゃ……今でも覚えておる」

百年前の霊獣降臨のことを、ガトンはハッキリと覚えているという。

霊獣の呪いにより発狂した山穴族が、仲間同士で殺し合いを強いられた惨劇を。

「確かに、この先から違和感があるな」

オレの危険信号も警鐘を鳴らしている。ここから先は危険だと。

「顔が青いぞ、ジイさん」

「大丈夫じゃ……この百年でワシも多少なりとも強くなった」

深く深呼吸をして、ガトンは冷静さを取り戻す。

彼ほどの強い職人ですら、その恐怖を克服するのに百年もかかってしまう。それだけでも霊獣の恐ろしさが垣間見える。

「本当に防具は、それだけでいいのか、小僧よ？」

「ああ、大丈夫だ」

オレの防具の少なさに、ガトンは心配そうに声をかけてくる。

パッと見で自分が装備しているのは、ナイフ数本と二丁の弩《クロスボウ》。それにロープなどの野外道具だけである。身を守る盾や鎧は一切着込んでいない。

「ジイさんの話を聞いて選んだ装備だ」

「そうじゃったな。普通の武器防具は、あの霊獣には意味を成さないからの……」

岩塩鉱山を巣くう霊獣の特徴については、事前にガトンから聞いていた。

外見は大型の四足歩行の獣であり、特徴としてはとてつもなく動きが素早いのだ。

『気がついた時には目の前から消えて、背後に回り込まれていた……』

百年前の事件の時、山穴族の戦士たちは生き残るために、果敢に霊獣に立ち向かっていたという。

山穴族は人よりひと回り小柄な種族であるが、強靱な腕力を有する。

岩をも砕く大槌《おおつち》と強固な金属鎧で武装した山穴戦士団は、下手な人族の騎士団以上の戦闘能力を持つ。だが彼ら戦士の武器が霊獣にかすりもせず、次々と空を切っていたという。

その後は逆に霊獣の鋭い爪牙《そうが》によって、山穴戦士団の強固な金属鎧が斬り裂かれてしまった。

「このくらいの軽装がいい」

「ああ、そうじゃな」

特殊な力を有する霊獣に、正攻法や常識は通じない。

ガトンには言ってはいないが、全身の隠しポケットには秘密兵器を用意してある。攻撃力は心配ないと計算していた。

「さて、そろそろ行ってくる。みんな、村のことは頼んだぞ」

ガトンとの装備の最終確認を終えたオレは、心配そうな表情をしているリーシャと村の子どもたちに声をかける。

彼女たちは最後まで見送ると言ってきかずに、ここまでついてきたのだ。

「ヤマトさま、ご武運を……」

「ヤマト兄ちゃん、ぜったい勝ってきてね！」

「必ず戻ってきてね！」

村長の孫娘リーシャと村の子どもたちは、心配そうな表情で激励の言葉をかけてくる。

彼女たちともここでお別れである。

「リーシャさん、子どもたちを頼む」

「はい、お任せください、ヤマトさま！」

心配だったのは子どもたち弩《クロスボウ》隊が、坑道内までオレを追ってくることだ。

霊獣の呪いによって操られる危険性があるので、待機命令を守るように子どもたちにも釘を刺しておく。

見送りの者たちとの別れを惜しみ、オレは岩塩鉱山へと身体を向ける。

「ヤ、ヤマト兄ちゃん……本当にこの先に行くの……」

「ぼ、ぼく、なんかゾクゾクして怖いよ……」

純真な子どもたちは、何かの悪寒を察知して震えている。おそらくは霊獣の発する霊気なのかもしれない。

誰ひとりとして境目である双子岩へ近づこうとしない。

「小僧よ……」

「ヤマトさま……」

それは老鍛治師ガトンとリーシャも同じであった。言葉には出していないが、額に汗がうかんでおり、恐怖に耐えている。

周りを見ると鳥類や小動物の気配も一切感じない。おそらくこの先は、生物が本能で恐怖し嫌悪する場所なのであろう。

「大丈夫だ。必ず帰ってくる」

オレは軽く口元に笑みを浮かべ、岩塩鉱山の中へ入っていくのであった。

◇

◇

薄暗い坑道内を一人進んでいく。

「かなり整備された坑道だな」

周囲を警戒しながら足を進める。

老鍛治師ガトンから情報は聞いてはいたが、岩塩鉱山の内部は動きやすいように整備されていた。

地面は平らに削り取られた歩道で歩きやすい。通路の脇には台車を走らせるレールが敷かれ、これで採掘した岩塩を外まで運び出していたのであろう。

「これが光苔《ひかりごけ》か。面白いものだな」

奥に進んでいっても坑道内は薄暗く光っていた。これは山穴族たちが植えた発光性の苔の明るさだ。

入り口や空気口からの微かな光に反応して、苔自体が発光して坑内を照らしている。

「ここまではっきり見えるのは、やはり五感向上の恩恵だろうな」

この異世界に来てからオレの五感はかなり向上していた。

日本にいた時も夜目は利く方だったが、薄暗い明かりだけで坑内のかなり奥まで目視できる。

松明《たいまつ》や懐中電灯を使う必要がないので、今はありがたい。

「さてガトンのジイさんの話だと、この先に大採掘場があるのか」

この岩塩鉱山の造りはそれほど複雑ではない。採掘が本格始動して間もないころに霊獣が降臨して、開発が百年前の当時のまま止まっているのだ。

事前にガトンから坑内の詳細な経路を聞いていたので、道に迷う心配はなかった。入り口から一本道の本道を進み、その後はゆっくりと下っていくと大採掘場がある。

(大採掘場……そこに霊獣がいる……か)

ガトンの話によると百年前、霊獣はその場所に降臨した。霊獣はほとんど移動しないので、今でも大採掘場にいる可能性が高い。

(いよいよか……)

目的の場所が近付きオレは警戒を更に強める。

外の森や山岳地帯とは違い、この坑道内には身を隠す場所が少ない。相手から奇襲される危険性は減るが、逆にこちらも身を隠すことができない。

霊獣の姿を発見した瞬間に、戦闘が始まるかもしれない。オレは全身の装備品と戦術を改めて確認する。

（戦術は回避に専念……そして隙をついて反撃だ）

ガトンの情報よると霊獣は四足歩行の獣型である。

目視できないほど素早い身のこなしで、金属鎧すら瞬時に斬り裂く爪牙で攻撃してくるという。

高機動で貫通攻撃に優れた危険な存在である。

（警戒レベルは最高……その更に上だ……）

オレは頭の中で戦術シミュレーションを終える。相手は地球上のジャングルにも存在しない未知の肉食獣。獣の姿をしているが、全く別の存在だと想定した方がいい。

◇　◇

「ここか……」

遂に最下層の大採掘場へとたどり着く。

想像していた以上に大きな空間が広がっていた。採掘によってできた倉庫ほどの広さの整った場所である。

周囲に生えた光苔に照らされ、岩塩の結晶が反射して幻想的な光景だ。

ヒンヤリと肌寒く、地下水脈の音だけが静かに響き、不気味なほどの静寂が辺りを支配している。

「霊獣はどこだ……」

注意深く周囲を見渡すが、探し求めている霊獣の姿はない。この最下層の大採掘場には身を隠す岩陰がなく、霊獣はもちろん生命の気配がまったくなかった。

(まさか、もういないのか?)

ガトンと山穴族が襲われたのは、今から百年も昔のこと。

もしかしたら霊獣は既にどこかに消え去っている可能性もある。それなら危険なく岩塩を入手できるであろう。

(いや……気配はないが、感じる)

だがオレは先ほどから嫌な気配を感じていた。

背中の神経を直接触られているような、首元まで冷たい氷に閉じ込められているような、そんな本当に嫌な感じである。

だがどこを探しても嫌悪感の発信源を見つけ出せない。

(目に頼るな……感じるんだ……)

オレは両目を閉じて意識を集中する。

視覚や聴覚を閉ざし全身に流れる気に意識を集中させる。これは自称冒険家であった両親から習っていた感知の方法である。

（いた……そこか）


その時である。

自分の背後に何かを感じた。オレはようやく目的の存在を見つけたのである。

「さて、主役のお出ましか」

振り返った視線の先に、いつの間にか影があった。距離は十分あるが油断はせずに警戒する。

「これが霊獣か……」

視線の先の暗闇にいたのは漆黒の獣であった。鋭い両眼を光らせた巨大な霊獣が、身を低く構えている。

「黒い虎に似た巨軀《きょく》の獣か」

ようやく姿を現した災厄の霊獣の外見を分析する。

老鍛冶師ガトンから話は聞いていたが、実際に目にして相手の形状を観察する。

外見的な特徴は地球上にいた虎に似ている。

だが口元から鋭く飛び出した巨大な牙、それに四肢の先に生える鋭い爪は別の生物だ。

「サーベル・タイガーに近い種か、これは」

霊獣の外見は古代に生息していた剣歯虎《けんしこ》であるサーベル・タイガーに似ている。博物館でしか見たことがない異様な姿が、実際に目の前にいた。

オレは冷静になるために、意識的に声に出して分析。これで客観的に状況を確認できる。

「いきなりは襲いかかってこないのか」

霊獣は身構えながらオレをジッと見つめている。

おそらくこちらの力量を測っているのであろう。肉食獣の習性である観察を行っている。

「グルル」

だが霊獣の観察の時間は終わった。

身を起こし、ゆっくりとこちらに歩み出してくる。オレのことを『容易にかみ殺せる弱者』と判断したのであろう。歩みから絶対捕食者としての余裕がうかがえる。

「偶然だな。オレもだ」

だがオレの観察の時間も終わっていた。

形状や微かな動きから、霊獣の戦闘能力をこちらも計測していた。そこから弾き出した計算の結果、目の前の獣を狩れるとオレは判断したのだ。

「ガルル！」

「いくぞ！」

申し合わせたように両者は同時に地面を蹴り、お互いに襲いかかる。

◇　◇

「グガァ！」

何一つ防具を身につけていないオレに、霊獣の巨大な牙が襲いかかる。巨体とは思えないその俊敏な動きは、人の反応速度を軽く超えていた。

これなら山穴族の視界から消え、一方的に殺戮できるわけだ。

「速い!?　だが！」

オレはその巨大な牙を寸前で躱し、難を逃れる。すぐさま自分の身体の軸をずらして、相手の虚をつき死角に潜り込む。

巨大な獣との体格差を利用した戦い方。そのまま両手に持ったナイフで、霊獣の無防備な首元を狙う。

「ガルガァー！」

「くっ!?」

だが強烈な殺気を寸前で感じたオレは、攻撃の手を強引に止めて全力で回避する。

「その体勢から反撃してくるのか!?」

間髪を容《い》れず霊獣の巨大な爪が繰り出されてきた。先ほどまで自分がいた空間の地面が、鋭い爪痕を残しえぐり取られている。

あのままナイフで攻撃していたら、オレの全身は斬り裂かれていたであろう。恐ろしいほどの霊獣の反射速度と攻撃力である。

「だが、隙だらけだ！」

全力で回避しながら投げナイフを投擲する。狙うは霊獣の防御が薄い脇腹。老鍛冶師ガトンに作らせた投げナイフは、攻撃力重視であり金属製の盾すら貫通する。

「ガルガァ！」

投擲したナイフは咆哮《ほうこう》と共に霊獣に回避されてしまう。

だが回避するということは攻撃が通じる証拠である。オレはすぐに格闘ナイフを構え、次の攻撃に移る。

「次はここだ！」

相手の反射速度と素早さを再計算して、臨機応変に戦術を立てる。四足歩行の獣である霊獣は安定性があり、地上戦では圧倒的に有利だ。

だが逆に関節や筋肉の動きに制限もあり、苦手で反応し辛い方向が必ず生じる。相手のその死角に回り込み、オレは再び両手のナイフで攻撃を仕掛ける。

「グラァァ」

「ちっ！　速い！」

オレの死角からの攻撃にも、霊獣は本能のみで瞬時に反撃してくる。後ろ脚を暴れ馬のように蹴り上げ、その鋭い爪でか弱い人肉を斬り裂こうとする。

「くっ、やはり普通の獣とは違うか……だが！」

オレは攻撃の手を休めず更にギアを上げて動き回り、次々と霊獣に攻撃を仕掛ける。それに対して霊獣も信じられない反射速度で対応して、オレに反撃してくる。

（やはり普通ではないか……だが、これならイケる）

漆黒の霊獣に対してまだ決定打を与えていないが、戦いながらオレは手応えを感じていた。

オレのとった戦術は相手の虚をつき、休ませることなく連続で攻撃をしていく策。この異世界に来た時から、自分の五感と身体能力は向上していた。

村で生活している時はその力をセーブしているが、向上率は計り知れない程だった。オリンピック選手どころではなく、ちょっとした超人的なレベルの身体能力だ。信じられない現象であるが、そのお蔭で人外の霊獣と互角の勝負をしていた。

（膂力《りょりょく》や反射速度は相手が上か……だが勝てない相手ではない）

騎士団すら壊滅させる霊獣相手に、今のところオレは対応できていた。

これは霊獣の動きが単調であり、何の戦術もないからである。そして獣の形状であるために〝技〟を有していないのだ。

（自らを無とし、相手の虚をつき仕掛ける……か）

これは自称冒険家であった両親に、幼いころから叩き込まれた護身術の極意。稽古中に何回も死ぬ目にもあったが、そのお蔭で今は霊獣の動きに対応できていた。

（よし……あと数手《すうて》だ）

霊獣との攻防を繰り返しながら、オレは密かに罠を仕掛けていた。相手に気づかれないように、戦闘中にいくつもの伏線を張っていたのだ。

大採掘場の地形と光苔の照明の強弱、そして互いの位置関係。

物理学と確率論を駆使して、時を待つ。

◇　◇

そして勝負が動いた。

「ガルルルァ！」

こちらの執拗な攻撃にしびれを切らした霊獣が、思いがけない攻撃を仕掛けてきたのだ。

これまでの攻撃を更に超える速さで、一気に間合いを詰めて襲いかかってくる。信じられないことに霊獣も力を抑えて、オレの動きをこれまで観察していたのだ。

こちらが反応できない攻撃速度で、霊獣は鋭く巨大な牙を振りかざしてくる。野生と人外の力を合わせた、まさに必殺の一撃だ。

「だが……オレもソレを待っていた！」

勝ち誇っていたにも見える霊獣の両眼に、オレはその言葉を返す。自分もこのタイミングを狙って力を抑えていたのだと！

「まずは視覚を潰す！」

オレのその言葉と共に、大採掘場に白銀の光が爆発する。

先ほどまで光苔で薄暗かった空間が、真夏の太陽が出現したように一瞬で光が爆ぜたのだ。

「ウギュ!?」

想定もしていなかった光の爆発に、霊獣はほんの一瞬だけ動きを止める。霊獣が視覚の器官から外部情報を得ていたのは、戦いながら確認済みだった。

そして、ほんの一瞬だけできた隙を見逃すほど、今のオレは甘くはない。

「次は喉《のど》を！」

低空タックルのように身を低くして飛び込み、霊獣の無防備な喉元を両手のナイフで斬り裂く。狙うは呼吸器官であり、喉元を守る毛皮ごと完全に切断する。

霊獣が動くたびに呼吸をしていたことも、戦いながら確認済みだった。そして腰から電気警棒《スタンガン》を抜き、斬り裂いた傷口に直接高圧電流を流し込む。

「最後は脳と心臓だ！」

相手に息をつかせぬ連撃を更に繰り出す。

腰のホルスターに装備していた二丁の弩《クロスボウ》を構え、霊獣の頭蓋骨と心臓部分をゼロ距離射撃で吹き飛ばす。

これは最後まで取っておいた切り札。弩《クロスボウ》に次弾を装填し、連射により徹底的に止めを刺す。

「悪いな、なりふり構っていられなかった」

大採掘場の冷たい地面にバタリと崩れ落ちた霊獣に、そんな言葉を投げかける。これは命をかけて戦った相手への、せめてもの鎮魂の言葉だ。

「閃光弾《ハイ・フラッシュ》に電気警棒《スタンガン》。それに弩《クロスボウ》の総決算《バーゲンセール》だったな……」

動かなくなった霊獣を見つめながら、今回の激戦を振り返る。オレの今回の切り札は、現代日本から持ってきていた護身武器の数々であった。

まず初めにデジカメを強化改造したフラッシュで、霊獣の視覚を潰した。暗闇に慣れた相手はいったい何が起きたのか、理解できなかったはずだ。

続いて相手の喉元をナイフで斬り裂き、電気警棒《スタンガン》で霊獣の動きを止める。大型の野牛《ワイルド・オックス》すら昏倒させる高電圧の直攻撃に、さすがの霊獣も耐え切れない。

そして最後は二丁のウルド式弩による、ゼロ距離からの連続攻撃。相手の生命活動が完全に止まるまで、容赦はしなかった。

卑怯かもしれないが、これは騎士同士の決闘ではない。獣狩りであり命の奪い合い、そして何より霊獣討伐だったのだ。

「よし、そろそろか……」

霊獣に止めを刺してから、念のために距離をとって観察していた。

呼吸器官や脳・心臓を砕かれた霊獣は、しばらくの間はぴくぴくと痙攣《けいれん》している。そんな霊獣に弩の矢先を構えながら、オレは気を休めない。

生きているはずはないが、なにしろ相手は人外である霊獣。普通の常識など通用しない。

◇　　◇

「終わったか……?」

待っている時間は永劫のごとく、長く感じた。

だが遂に霊獣は完全に死後痙攣が止まる。

喉元の呼吸器官を完全に切断、脳と心臓を吹き飛ばされてようやく絶命したのだ。

「ふう……手強い相手だったな」

オレは思わず、ほっと息を吐き出す。

自分でも油断しているように見えるが、無理もないかもしれない。なにしろ絶え間なく集中力を張り巡らせて、死とのギリギリの攻防を繰り返していたのだ。

肉体的にも精神的にも、想像以上の疲労がだんだんと襲ってくる。あと少しでも戦いが長引いていたら、自分が危険な状況だった。

終わってみれば現代武器を駆使したオレの、圧勝に見えるかもしれない。だが本当にギリギリで、僅差《きんさ》の戦いだった。

「さて、外にいるガトンとみんなを呼びに行くか」

今回の討伐目的であった霊獣を倒した。

坑内に他の危険がないか確認して、村で必要な岩塩を採掘する。そして今後の岩塩鉱山の活用についても、村で決めなくてはならない。またいろいろと忙しくなりそうだ。

「だが今日だけは……ゆっくりと休みたいな」

本音を言えば、オレの体力は激戦により限界だった。

今すぐ村に帰って水浴びをして、ゆっくりと休みたいところだ。この岩塩鉱山も羽が生えて逃げていくわけではない。それもいいかもしれない。

「ふう……」

そんな冗談を考えながら、安堵の息を吐き出口に向かった時である。

「ん!?」

禍々《まがまが》しい気配を感じたオレは、ゆっくりと後ろを振り返る。

疲れ果てたオレの視線の先にいたのは、漆黒の獣であった。

「そんな馬鹿な……」

「まさか不死身なのか……」

自分の目を疑う。疲れ果てて幻覚でも見ているのかと。

だが、それは現実であった。

頭蓋骨と心臓を完全に吹き飛ばされながらも、霊獣は両眼に赤い光を宿し復活したのだ。

第十章　オレたちの勝利

勝利を確信したオレの視線の先にいたのは、不気味に復活した霊獣の姿であった。

「まさか不死身なのか!?　いや、そんなはずはない……」

驚愕の光景に乱れた心を落ち着かせ、冷静に相手を観察する。

確かに脳天と心臓、そして呼吸器官を潰され、霊獣の生命活動を停止している。その証拠に人の負の感情を乱す霊獣の、最初の気配は完全に消え去っていた。

「この気は何だ？　霊気だとでもいうのか……」

だが気配に変わる新しい気……霊気はケタ違いに強くなっている。

肉眼でも確認できるほど強力な漆黒の瘴気《しょうき》が、復活した霊獣の全身から湧き上がっていた。

「これも霊獣の呪いの力の一つなのか……」

老鍛冶師ガトンの話では、霊獣の有する呪いには様々な効力があるという。

もしかしたら、その一つに『復活する能力』があるのかもしれない。信じられない話だが、目の前で現実に起きている光景。現実主義であるオレですら、認めざるを得ない現状だ。

「ならばもう一度、息の根を止める！」

恐れをなして躊躇している場合ではない。先手必勝だ。

オレは装備を確認しながら、再び駆けだす。

格闘ナイフと投擲用のナイフ、それに閃光弾《ハイ・フラッシュ》や電気警棒《スタンガン》。そして弩《クロスボウ》もまだまだ使用可能だ。

かなり体力は消費しているが、まだ無傷であり武器も全て健在。不気味ではあるが、霊獣は明らかに動きが鈍くなっており、勝機はある。

「遅い！」

オレは再び闘志をみなぎらせ、その場から全く動こうとしない霊獣の死角に回り込む。

「吹き飛べ！」

今度こそ完全に息の根を止めるために、持てる全ての火力を解放する。二丁の弩に投擲ナイフ、そして格闘用のナイフが霊獣に火を噴く。

「よし！」

全ての攻撃が霊獣に命中した。

そう思えた、次の瞬間である。

「なっ!?」

目に見えない衝撃波によって、こちらの全ての攻撃は弾かれてしまう。漆黒の壁が霊獣を覆い、防御していたのだ。

「うぐっ！」

そして見えない衝撃波の反撃を受け、オレの身体は吹き飛ばされる。辛うじて防御の体勢で受け身を取るが、大採掘場の壁に強烈に叩き付けられ苦痛の声をもらしてしまう。

「くっ……なんだ今のは……」

驚愕しながら体勢を立て直す。

全く見えなかった防御と攻撃。五感が向上している自分ですら反応できなかった。

状況から推測するに、何かの打撃を受けてオレは吹き飛ばされた。

辛うじて身体は動くが、肋骨《ろっこつ》の何本かは折れているかもしれない。全ての身体能力が強化されていなければ、一撃で即死していた恐ろしい攻撃だ。

深呼吸をして冷静さを取り戻し、相手を確認する。

「アレか……先ほどの防御と攻撃をしてきたのは……」

霊獣の全身から何かが出ている。

先ほどの瘴気とは別に、何か別のものが実体化していた。霊獣から伸びた漆黒の触手が、何本もゆらゆらと空中に漂っている。

おそらく先ほどの攻防は、あの触手の一撃だったのであろう。ムチのような柔軟な見た目に反して、凄まじい防御力と攻撃力を併せ持った触手である。

「これは想定外だな……さて、どうするか……」

相手と更に距離をとり、牽制《けんせい》しながら新たなる戦術を練る。

なぜなら霊獣はまったく違う存在と化していたからだ。もはや化け物と称した方が適切かもしれない。

なにしろ相手は脳と心臓、そして呼吸器官の全てを潰しても活動している。

更にはこちらの反応速度をはるかに上回る、漆黒の触手による攻撃と防御。腹部に赤く不気味な光を宿しており、人知を超えた存在なのかもしれない。

「ここは撤退か……」

冷静に状況を整理して、この場での最良の選択をオレは口にする。

先ほどダメージを負ったとはいえ、自分の身体はまだ動き、退却行動も可能である。戦術的な視野で見れば、一度この場から立ち去っても問題はない。

村に戻り体力と怪我を回復させ、新たなる装備を整える。それから再度この形状の霊獣に挑むのがベストな策であろう。

「だが、ここから撤退できるか……」

今、霊獣は大採掘場の出口を塞ぐ格好で立ちはだかっている。まるでこちらの思慮を読み取り、オレを逃がさんとする位置関係だ。

ここから逃げるのには先ほどの触手の攻撃をかい潜り、なおかつ無防備な背中をさらしながら出口を目指すしかない。

「随分と分の悪い賭けだな……」

冷静に状況を判断してみても、オレが生き残れる確率はかなり低い。

逃げ場のない大採掘場で持久戦になれば、相手が圧倒的に有利。確率は低くても、イチかバチかでも行くしかない。

（リーシャさん……ガトン……みんな。もしかしたら約束は守れないかもしれない……）

オレは自分の死を覚悟し、鉱山の外で待っている村のみんなに、心の中で謝罪する。

もし自分がこの場で死んでしまったら、残されたウルドの村はどうなるであろうか？

食料や生活は、しばらくの間は何とかなるであろう。

だが肝心の〝塩〟には限りがある。塩が尽きてしまった村の将来はどうなるのか……想像もしたくない。

「イチかバチかだが、死地に活路を見出すしかないか」

この窮地《きゅうち》から脱出するために覚悟を決めた……

その時。

「グルル……」

復活した霊獣がゆっくりと動き出したのである。

身体の向きを変えてオレに背を向け、鉱山の出口に向かって進み始める。全身から湧き出る無数の触手が、出口の方向に反応していた。

「どういうことだ……」

霊獣の突然の行動にオレは思わず声をもらす。

先ほどまで激戦を繰り広げていた相手が、まるで別の目標を見つけたかのように移動しはじめたのである。

窮地に陥っていたオレを見逃したとでも言うのであろうか。信じろというのが無理な話かもしれないが、実際に霊獣はオレからどんどん離れていく。

「だが、これで助かったのか……オレは」

死を覚悟していたオレは、思わず心の中で安堵する。

霊獣がここから離れていったのは生き延びるチャンス。もう少し安全な距離まで離れていけば、こちらも岩塩鉱山の出口に向かって退避が可能となる。

霊獣が離脱していく理由は分からないが、窮地は脱出できるのである。

「それにしても、霊獣はどこへ向かおうとしているのだ……」

注意深く警戒しながら、相手の行動原理を観察する。漆黒の無数の触手を漂わせ、霊獣は移動していた。

先ほどの一瞬の攻防から推測するに、あの触手は高感度のセンサーの能力も有している。本体に危害を加えようとする存在を感知して、自動で防御と反撃を一瞬で繰り出してきた。

その性能は復活する前の状態とはケタ違いである。おそらくは触手をまとった状態が、本来の霊獣の姿なのかもしれない。

「ん……触手のあの差し向かう方角は……」

観察を続けていたオレは、とあることに気がつく。

移動する霊獣のセンサーとなった触手が、ある一定の方向を指し示しているのだ。

「まさか……あの方向は……」

本体は鉱山の出口に向かいながらも、最終的な目的の場所は別なのである。そこに向かって霊獣は移動していたのだ。

「村に……ウルドの村に向かっているのか……」

浮かび上がったその推測にオレは驚愕する。

理由や目的は不明であるが、復活した霊獣はウルドの村に向かって移動しているのだ。ここは坑内ではあるが、向上したオレの方向感覚は狂ってはいない。

間違いなく霊獣は村へ移動しているのだ。

「マズイ……」

その事実にオレは言葉を失う。

あの状態の霊獣が村にたどり着いたら、どんな惨劇が引き起こされるかを想像して。村には防御用の城壁や柵もなく、外敵に対して無防備な状態である。

狩り用の弩《クロスボウ》隊で子どもたちは武装をしているが、あの漆黒の触手の自動防御の前には意味をなさない。おそらくは村は壊滅状態となるであろう。

「くっ……させるか！」

考える前にオレは行動を起こしていた。

全力疾走で坑道を駆ける。そして出口に向かって移動していた霊獣に追いつき攻撃する。漆黒の触手による攻撃をかい潜り、持てる全ての火力で連撃を仕掛ける。

「うぐっ……」

だが完全とも思える触手の自動防衛網の前に、オレは有効打を与えられない。逆に強烈な反撃を食らい再び坑内の石壁に叩き付けられる。辛うじて防御と受け身をとるが、全身が悲鳴をあげる。

「まだだ……村に行かせはしない！」

それでもオレは諦めなかった。

再び立ち上がり、村に向かう霊獣に挑む。持てる全ての武器と技を駆使して、鉄壁の触手の防衛網を切り崩す。

向上している五感のお蔭で、触手の攻撃に反応して回避はできるようになってくる。だが無数の触手の防衛網を切り崩すために、あと一手の攻撃の手段が足りない。

「うぐっ……」

そして深入りしたオレの渾身の攻撃は、逆に反撃により吹き飛ばされてしまう。

辛うじて防御はしているが、鉄塊でも叩き付けられたような凄まじい触手の一撃。普通の者がまともに食らったなら一撃で即死する攻撃である。

「くっ……まだだ……」

全身傷だらけで満身創痍。それでもオレは諦めなかった。世話になっている村を守るため、そして何より、幼い子どもたちを守るために立ち上がり、霊獣に挑みかかる。


復活した霊獣との激戦を繰り広げていると……

「ヤマトさま！」

「ヤマト兄ちゃん！」

大採掘場の一段上の階層から、聞きなれた声が坑内に響き渡る。

「リーシャさん！　それにみんな……」

その声の主はウルドの村のみんなであった。

岩塩鉱山の外で待機していたはずのみんなが、オレの窮地に駆けつけたのだ。

◇　◇

「うわっ、なんだアレは!?」

「アノの気持ち悪いのが霊獣だよ、きっと」

駆け付けた村の子どもたちは、おぞましい霊獣の姿に驚愕していた。獣の姿を失い漆黒の触手を漂わせる姿は、まさに異形に映ったのであろう。

「全員、〝二段構えの陣〟を構え！　ヤマトさまを援護するのです！」

だが少女リーシャの号令と共に、子どもたちは冷静さを取り戻す。厳しい狩りの鍛錬を思い出し、条件反射で弩を構える。

最前列の者が大盾を構え、後衛は弩を構えた二班に分かれた。これはオレが考案して子どもたちに教え込んだ攻防一体型の〝二段構えの陣〟である。

「おい、みんな待て……」

まさかの子どもたちの登場と、援護のための攻撃の指示。とっさのことで制止の声を出すのが遅れてしまう。

「撃て！」

リーシャの号令と共に、子どもたち弩隊が火を噴く。テコの原理で巻き上げられた強力な弓の仕掛けから、次々と金属製の矢が発射される。

金属鎧を軽々と貫通し、風車小屋の山賊団を一方的に殲滅《せんめつ》したケタ違いの攻撃力。そんな激しい矢の雨が霊獣の頭上に襲いかかる。

「ウギャアア」

耳を塞ぎたくなるような霊獣の咆哮が、坑内に響く。

強化型の弩の連撃は、この世界には存在しなかった破壊力である。人外である霊獣といえども、ここまでの火力は未経験だったのであろう。

あまりの高火力の影響で、霊獣の周囲に土煙が湧き上がる。

「おお！　やったぜ！」

「けっ、ざまあみろ！」

「ヤマト兄ちゃん、今助けにいくよ！」

勝利を確信した子どもたちから声があがる。それは慢心ではなく経験からくる確信なのであろう。

この陣からの斉射をまともに受けて、原形をとどめた獣はいない。これまで無事な獣はいなかった。あまりにも強力すぎるために狩りでは禁じ手にしていた陣なのだ。

「お前たち！　逃げろ！」

だがオレは声の限りに叫ぶ。

勝利を確信して安堵の表情を浮かべている子どもたちに、退却を命じる。早くその場から離れて、自分を見捨てて鉱山の外に逃げろと指示する。

「えっ……何を言っているの、兄ちゃん!?」

「もう大丈夫だから、心配ないよ！」

オレの指示の意味を理解できず、子どもたちは呆気にとられていた。

何かを感じとったリーシャだけが反応していた。そして盾隊の子どもたちに指示を出す。彼女の号令の声に条件反射で反応して、最前列に大盾が立ち並ぶ。

「ヤマトさま……!?　盾隊、防御の構え！」

「ウギャギャヤル！」

その次の瞬間である。

霊獣の咆哮と共に、土煙の中から無数の触手がムチのように飛び出し、子どもたちに襲いかかる。

「うわっー！」

「キャー！」

無数の漆黒の触手は邪魔者を一気に薙《な》ぎ払う。大盾ごと吹き飛ばされた、子どもたちの悲痛な叫びが坑内に響き渡る。

信じられないことに霊獣は生きていた。烈火のごとき弩の矢を触手で防ぎ切り、反撃してきたのだ。

「みんな、大丈夫……」

「うう……」

「いてて……」

リーシャの咄嗟《とっさ》の判断のお蔭で、子どもたちは何とか無事であった。大盾による防御が間に合っていたのだ。

だが陣形を崩された今は危険な状況。あと一撃でも触手による攻撃を食らったら、全員の命が危ない。

「ウギャァ」

霊獣は力を溜めていた。

全くの無傷かと思えたが、先ほどの斉射を受けて触手がダメージを負っていたのだ。

それを回復させつつ力を溜めて、触手による攻撃を繰り出そうとしていた。

狙う先はまだ倒れている弩隊の子どもたち。危険な彼らを先に始末しようとしている。

（どうする……）

オレは迷う。この場で自分がどうすればいいのか、判断に迷う。

〝二段構えの陣〟からの斉射は、ウルドの村での最高火力の攻撃方法である。つまり自分たちの保有する全ての火力と戦術が、この霊獣には通じないのだ。

（撤退か……）

指揮官として冷静に判断をするならば、全員撤退が正解であろう。

子どもたちの何人かは犠牲になるかもしれない。だがオレやリーシャ、そして残る子どもたちは村に退却できる。

その後は態勢を整え、入念な作戦を練り直して、装備を整える。そして期を見て霊獣にリベンジを挑むのが戦術としては正しい。論理的で冷静な指揮官なら、そう判断するのが正解である。

「いたいよ……」

「ヤマト兄ちゃん、早く逃げて……」

霊獣に吹き飛ばされた子どもたちの、悲痛な声が耳に入ってくる。

現世日本で言えば一番下は幼稚園の年長。一番の年上でも小学校の高学年の年齢でしかない。

そんな幼く非力な子どもたちが、傷つき倒れている。自分の窮地を助けるために、命がけで戦ったために。

外部から来た自分を村の一員として迎え入れ、兄と慕ってくれた子どもたちが、無残にも傷つけられたのだ。それは決して許すことのできない蛮行。

その時、自分の中の〝何か〟が弾けた。

鉄鎖が引き千切られたような音が、魂に響く。

◇　◇

「おい」

その言葉と共に、オレは手に持つ弩を発射する。

正確な狙いなど必要ない。霊獣に当たりさえすればよかった。

触手の自動防衛に阻まれ、案の定その攻撃は通じない。だが今のオレにはどうでもよかった。

「ウギャアア！」

霊獣の怒りの叫びと共に、二本の触手がオレに攻撃を仕掛けてきた。漆黒の鋭い触手が邪魔者を貫こうとしている。

「ウギャルル！」

その言葉と共に、迫り来る触手にナイフを突き立てる。タイミングや刃先の角度も考えずに、力任せに強引にそのまま触手を斬り裂く。

「おい、霊獣野郎《やろう》」

「ウギャール!?」

霊獣の悲痛な咆哮が、坑内に響き渡る。

今まで全ての攻撃を防いできた、鉄壁の触手が初めて切断されてしまったのだ。想定外の経験に霊獣は怒りの感情と共に、身体の向きをこちらに変える。

「テメエは許さねえ」

再び襲ってきた三本の触手も、先ほどと同じように突き刺し切断する。

さっきまで全く刃が通らなかったナイフが、いきなり硬質の触手に通じるようになっていた。自分の手で引き起こしている信じられない現象。

だが怒りに身を任せているオレにはどうでもいいことだった。

「ギュルル……」

漆黒の触手をまとった霊獣の雰囲気が一気に変わる。無数に展開している触手を、全てこちらに矛先を向けて威圧してきたのだ。圧倒的に危険な存在となった者に対して。

「アイツらを……子どもたちを傷つけ、泣かすヤツは……許さねえ！」

オレは獣のように吠える。

そして村の子どもたちを傷つけられて、怒りキレていた。

〝怒り〟

こんな怒りの感情を覚えたのは生まれて初めての経験である。幼いころから両親に連れられて、様々な経験をしてきた。そのお蔭かもしれない。

これまでの人生で怒りに身を任せてキレたことは一度もない。常に冷静沈着に物事を考えて、論理的に行動してきた。

そしてどこかで抑えていたのである。自分の本当の力と欲望を。

（冷静な判断か……）

先ほどまで脳裏に浮かんだその単語を、オレは全力で笑い否定する。今は本能のおもむくままに目の前の憎き霊獣を滅するだけだ。

「ガギュルルル!!」

霊獣はこれまでにないくらいに咆哮をあげる。目の前の危険な殺気を放つ存在を、持てる全ての力で消そうとしているのだ。

咆哮と同時に無数の触手が動き出す。ムチのように動きながら、先端を硬質化させて攻撃を仕掛けてきた。

「遅《お》せえよ！」

上下左右の方向から乱舞して襲いかかる触手の全てを、オレは両手のナイフで切断して迎撃する。

興奮して覚醒した影響で、先ほどまで見えなかった触手の動きが読み切れている。

それに対応する全身の筋力や敏捷性も、比べものにならないほど向上していた。

（あの腹部の赤い光……）

怒りで全身が沸騰寸前であったが、不思議なことに頭の中は冷静沈着にフル回転している。そしてオレは観察し直感していた。

（あの核《コア》がエネルギー元で、弱点か）

無数に襲いかかる触手を迎撃しながら、オレは霊獣の弱点を見つけ出していた。

復活した霊獣の腹部に赤く光る結晶――――核《コア》の存在を。

覚醒してから霊獣の全身を流れる霊気を感じることができていた。その霊気の発信源が腹部にある核《コア》から流れ出ていたのだ。

（核《コア》の破壊で霊獣を倒せる）

相手の決定的な弱点を見つけ出したオレは、襲いかかる硬質な触手を全て斬り払い、駆けだす。

「ガギャギャヤル!!」

「ちっ！」

だが霊獣も自分の弱点のことは十分に熟知している。

危険な存在であるオレに対して、全ての触手を総動員して攻撃を仕掛けてくる。強固で鋭い触手の波状攻撃が襲いかかってくる。

「邪魔くせぇんだよ！」

覚醒状態のオレはその全てを寸前で躱し迎撃する。周りから見たらでたらめな攻防一体の戦闘術であろう。


「ヤマト兄ちゃん、すげえ！」

いつの間にか頭上から歓声が聞こえる。

「動きが速すぎて見えないよ！」

「兄ちゃん、いけえ！」

吹き飛ばされていた子どもたちが体勢を整え、オレに対して声援を送っているのだ。

大盾と弩《クロスボウ》を構えつつも、乱戦の邪魔にならないように見守って歓声をあげている。

ムチのように高速で動く触手と、覚醒したオレの動きは剣舞のようにも見えているのかもしれない。


子どもたちの声援を受けながら、オレが霊獣の最終防衛網に斬りかかる。

「最後までいかせてもらうぜ！」

だが弱点である〝核《コア》〟を守る触手はこれまでの何倍も強度がある。両手のナイフで切断しようとするが、あまりの硬さに刃が折れて跳ね返されてしまう。

「ちっ、堅物が！」

すかさず予備のナイフに交換し、後退して霊獣との距離をとる。

（あと一歩……だが最後の決め手が……）

怒りにより覚醒したオレの動きは霊獣を上回っている。だが、最終防衛網を敷く硬化型の触手が切り崩せずにいた。

その触手を何とかしなければ、〝核《コア》〟に一撃を食らわせることは敵わない。無数に装備した自分の手持ちの武器も、ここまでの激戦により消費していた。

このままジリ貧のままでは、霊獣を倒せるチャンスを永久に失ってしまう。

◇

◇

「小僧！」

坑内に地響きのような新たな雄叫びが響き渡る。

「ジイさん!?」

雄叫びをあげながら駆けてくるのは、老鍛冶師ガトンであった。

霊獣を挟んでオレとは対角線上の位置関係。鉄板のような分厚い盾を構えながら、霊獣に突撃していく。

「小僧！　ソレを使え！　ワシの最高傑作じゃ！」

その叫びと共にガトンの手から、一振りの剣が投擲される。

ゆっくり投げ出された到達点は、オレと霊獣のちょうど中間地点。この武器を使って霊獣を倒せというメッセージだ。

「ウギャギャヤルルル!!」

だが霊獣が先に動き出す。

人外である本能で危険を察知。『アノ剣ハ危険』と知っていたのだ。

「ブリャヤ！」

必死になった霊獣は投げられた剣を触手で叩き潰そうとする。この危険な武器を危険な男に絶対に渡してはいけないと、霊獣の本能が知っていたのだ。

「くっ、遠い！」

オレも同時に駆け出していたが位置が悪い。

山なりに投げられた剣はスローモーションのように見えていた。だが、このままではタッチの差で触手が先に剣に到達する。

「同胞の敵《かたき》じゃぁあ!!」

地鳴りのような雄叫びと共に、老鍛冶師ガトンは大盾ごと霊獣に全力で体当たりする。

人の何倍もの膂力を有する山穴族。その百年の恨みによる全身全霊の体当《チャージ》を食らい、霊獣は体勢を崩す。


「今です、弩隊！　撃て！」

今度は少女の凛とした号令が響き渡る。

それと同時に火を噴くような矢の斉射が、再び霊獣に降り注ぐ。いつの間にかリーシャが動ける子どもたちで陣を立て直し、絶好の機を狙い援護射撃したのだ。

「ヤマトさま！」

その矢数は先ほどの半数にも満たない単発の攻撃。そして次弾の装填ができないほど、子どもたちもダメージを負っていた。

「ヤマト兄ちゃん！」

「兄ちゃん、がんばれ！」

最後の力を振り絞り、オレのために矢を放ってくれた子どもたちの声が聞こえてくる。まだ幼い彼らではあるが、その声援には確固たる意志がこもっていた。

自分たちは幼くか弱い。だが必ず勝利を導いてくれると信じているのだ。


「ああ……十分だ」

熱いその声援を聞き、オレは自然と笑みを浮かべていた。そして宙を舞う剣をキャッチするために、大地を蹴り飛ぶ。

「ギュアルル！」

危険な武器を渡すまいと、霊獣も触手を伸ばす。だがオレは渡すわけにはいかなかった。

ガトンとリーシャ、そして子どもたちの決死の援護。彼らが自分を信じて託してくれた想いに応えるために。

「よし！」

霊獣よりも先に、ガトンの投擲した鞘《さや》ごと剣をキャッチする。

「いくぞ！」

そして勢いのままに鞘から抜刀して、迫りくる霊獣に駆け挑む。

〝ガトンズ・ソード〟

その名が彫られた老鍛冶師ガトンの最高傑作は、湾曲した片刃の剣《ソード》であった。形状的には日本刀と西洋剣の中間のデザイン。

オレは剣術を正式に鍛錬したことはない。ぶっつけ本番で人外である霊獣に通じるかを試すのは危険性が大きい。

だがオレは信じていた。

大陸でも最高峰と名高い鍛冶師、そして最高に信頼のおけるガトンが最高傑作と叫んだこの剣の切れ味を——ガトンズ・ソードの力をオレは信じていた。

「ギュラララ!!」

危険な存在となったオレに対して、怒り狂った霊獣はこれまでにないくらいに攻撃を仕掛けてきた。

防御を捨て、全ての触手を攻撃に回してくる。鋼鉄の槍先より鋭い数多《あまた》の触手が、全方位からオレに襲いかかってくる。決して避けることのできない、霊獣最大の決死の攻撃。

「遅い！」

だがオレは迫り来る触手を切断する。もはや目に見えない速度の触手を全て迎撃する。

柄《つか》を握る手の感触がオレに伝えてくる。この剣なら戦える、大丈夫だと教えてくれる。

(この剣ならいける……)

「これはガトンとその同胞の痛み！」

勇敢にも散っていった山穴族と、百年の孤独に耐え抜いてきた老鍛冶師のために剣を振るう。体当たりした霊獣に吹き飛ばされたガトンの叫びが、オレの心を震わせる。

「これはリーシャの痛み！」

危険を冒してまで救援に駆け付けた少女のために剣を振るう。霊獣の触手の攻撃に飲み込まれそうになるオレを信じて、今も叫び、祈る少女のために猛《たけ》る。

「そして、これが……子どもたちを傷つけた痛み!!」

まだ幼いながらも命をかけて駆けつけてくれた子どもたちのために剣を振るう。そして自分を信じて今も声の限りにオレの名を叫ぶ子どもたちのために、最後の一歩を踏み出す。

「これで……本当に終わりだ」

襲いかかる最後の触手を斬り払う。

そして漆黒の霊獣の懐に到達した。

全ての防衛網を破壊された霊獣、その無防備な腹部に赤く結晶が光る。

「破《は》ッァア！」

ガトンズ・ソードを一気に振り切り、オレは霊獣の核《コア》を切断する。

第十一章　勝利の後に

岩塩鉱山の霊獣を倒してから、数日が経つ。

試験的に稼働し始めた鉱山を、オレは視察にいく。

「ガトンのジイさん。岩塩の採掘は順調か？」

「うむ。石と鉄に関しては、ワシら山穴族に任せておけ。小僧」

「ああ、頼りにしている」

老鍛冶師ガトンの頼もしい言葉どおり、岩塩の採掘は順調に進んでいた。

ちなみに岩塩を採掘しているのは、山穴族の年配の鉱山師たちである。彼ら鉱山師たちはガトンと同じく、百年前の霊獣事件から奇跡的に生き延びた老人たちだ。

ウルドの村に残ったガトンとは違い、事件後は大陸各地に散らばり暮らしていたという。

『岩塩鉱山の霊獣が退治された』という〝鉄と火の神〟の神託を聞き、大陸各地から懐かしの我が家に戻ってきた。

「山穴族は生まれ故郷を、大事にするのじゃ」

「百年経ってもか」

「ああ、故郷とはそういうものじゃ、小僧」

「そうだな」

鉱山師はガトンと同じように、既に年老いている。だが百年間暮らしていた別の地に家族を置き、自分たちだけ帰還していた。

「鉱山師たちの食料や生活物資は、ウルドの村から出す」

「ふん。あと酒もじゃ」

「村長に相談しておく」

里帰りした老鉱山師たちはガトンと同じく、湖を挟んでウルドの村外れに住むことになった。

彼らには特殊な技術が必要になる岩塩の掘削と加工を委託する。その代わりにウルドの民からは、生活物資を分け与えるという関係だ。

ウルドの民は塩を得て、山穴族は故郷と食料を得る。お互いに欲するモノが一致した共同生活は、上手くいきそうである。


「ところでジイさん。本当にオレがこの岩塩鉱山の所有者なのか？」

「ああ。霊獣に止めを刺したのは、オヌシじゃ。遠慮はするな」

「なるほど、そういうことか」

いつの間にかオレは、岩塩鉱山の所有者《オーナー》になっていた。

これは『霊獣が降臨した土地の新しい所有権は、倒した者に生じる』という、この大陸の絶対的な慣例から決まった。権利の分割はできないため、止めを刺したオレの物になったのだ。

「岩塩の採掘と保管は、極秘裏に行う」

「うむ。その方が、いいじゃろう」

なにしろ大陸有数の埋蔵量を誇る、岩塩鉱山の百年ぶりの再開である。かん口令を敷いて極秘裏に行うことにした。

老鉱山師たちは〝鉄と火の神〟の神託を聞き、戻ってきた者たちだ。頑固で絶対に嘘をつかない彼ら山穴族は、秘密裏に岩塩を採掘することを約束していた。

また採掘している大量の岩塩は、今のところ頑丈な扉で施錠された坑内に保管しておく。これで岩塩鉱山に関しては、一段落となる。


「ところで小僧、頼まれておいた物ができておるぞ」

「ああ、それか」

鉱山の話が終わると、ガトンは思い出したように荷物を取り出す。それは鉱山を開放した後に、ガトンに製作を依頼していたものであった。

「思っていた以上に、いい完成度だな」

「鉱山師の同胞の中に革職人もいた。そいつと共同で加工したぞ」

依頼品を受け取ったオレは、さっそく身につけて確かめてみる。それは全身を覆う外套《がいとう》であった。通気性がいい服の上から羽織るマントである。

「いい出来だな」

「ふむ。まったく、霊獣の死骸から防具を考える者は、この大陸でもオヌシくらいじゃぞ」

「そうなのか。着心地はいいぞ」

オレが依頼して身につけているのは、霊獣から作り出した外套であった。倒した霊獣の血肉がチリとなり消滅した後に、残っていた漆黒の触手や外皮を材料としたのだ。

「実際に戦って分かったが、この霊獣の外皮はかなりの硬度がある」

「確かに、そうじゃが……霊獣の皮を着込むのは、オヌシぐらいのものじゃ」

老鍛冶師ガトンは呆れていたが、この霊獣マントはかなりの高性能である。

生半可な攻撃を通さない上に、柔軟性があり動きを阻害しない。機動力を重視するオレに相性のいい装備である。

「では引き続き、村の農具の製造の方も頼むぞ、ジイさん」

「ふん。そっちは任せておけ」

新しい装備を入手したオレは、岩塩鉱山を後にして村に戻るのであった。

◇　◇

村に戻ったオレは、リーシャと村内の巡回を行う。霊獣討伐以降は特に大きな異変はないが、定期的に視察するのも大事な仕事である。

「イナホンの生育は今のところ順調ですね、ヤマトさま」

「標高が高いウルドは、害虫や病気も少ないからな」

「なるほどです。そうなのですね」

米に似た穀物イナホンの生育は、順調に進んでいた。

山岳地帯にあるウルドは、作物の栽培に適している。年間を通して気温が安定しており、害虫や作物病も少ないのだ。

この様子だと、秋には金色の実りで村中が溢《あふ》れるであろう。

「そういえば、ヤマトさま。お怪我はもう大丈夫ですか？」

「ああ、問題ない」

「それは良かったです！」

リーシャが心配していたのは、霊獣から受けたオレの怪我のことである。なにしろ霊獣との戦いで、オレは重傷を負っていたからだ。ちなみにリーシャや弩《クロスボウ》隊の子どもたち、大盾で突撃したガトンは軽傷で済んでいた。

(肋骨数本の骨折に、全身に数え切れないほどの裂傷と打撲。それが、あっという間にか……)

オレが霊獣から受けたダメージは、決して軽くなかった。だが、自分でも信じられないほどの超回復を見せ、少しの間の休養で完治したのだ。

(これも身体能力の向上の恩恵か……)

怪我の回復が異様に早かったのは、おそらく異世界に来た時の恩恵の一つだ。あまりに超回復が凄すぎるのだ、今のところは誰にも言うつもりはない。

「そういえば、今後の村の方針はどうしますか、ヤマトさま？」

「ああ、そうだな」

村内を巡回しながら、リーシャと今後の方針を話し合う。

この村の村長はリーシャの祖父であるが、実質的な村の計画はオレとリーシャに委ねられていた。

これは村長と村民全員の総意であり、特に問題はない。

「食料に関しては、何とかなりそうですね。これもヤマトさまのお蔭です！」

「たいしたことではない。これは、みんなのお蔭だ」

食料に関しては、穀物イナホンの栽培が順調である。それ以外に、森から捕獲してきた野生の獣を、家畜として飼育している。

牛と豚、ニワトリに似た鳥にヒツジなど総数は少ないが、種類は確実に増えている。飼育担当の老婆衆のお蔭で、今のところ繁殖も順調に進んでいた。

「子どもたちの狩りも、だいぶ上手くなってきましたね」

「ああ、元気なヤツらだ」

家畜の飼育は進んでいたが、森での狩りは続行していた。これは食肉や毛皮の入手の他に、治安維持と鍛錬も兼ねている。

この狩りによって森での行動範囲も広がってきた。危険な獣を狩りつつ、今後は採取や栽培などの生活圏内も広げていく計画だ。

燃料となる薪も森を切り開き、厳しい冬に備えて用意していく。村の人口に対して森は広大で、木々の成長の方が早く環境問題は起ききない。

生活物資で足りない物はまだあるが、今のところ村の生活向上は順調に進んでいた。

◇　◇

夏の村内を視察していた、そんな時である。

蹄の音と共に、騎馬の集団が村内に戻ってきた。

「ヤマトの兄《あに》さま、ただいま戻りました！」

「ああ、クランか」

戻ってきたのは、ハン族の子どもたちであった。

数ヶ月前からウルド村の住人となった、草原の民。良馬であるハン馬を駆けて、偵察の任務から戻ってきたところだ。

オレに声をかけてきた、美しい少女クランは族長の直系。今は生き残ったハン族の子どもたちを束ねる身分にある。

「クラン、南の街道の偵察はどうだった？」

今回オレが彼女に頼んでいたのは、南方への長距離偵察の任務である。優秀な軍馬であるハン馬は、一日で数百キロを移動できる。その機動力を生かし、村から南方に延びる街道の先の偵察を頼んでいた。

「それが、ヤマトの兄さま……不思議なことが、起こっていました」

「大盗賊団か？」

「はい、妙な噂を聞いてきました……」

オレがクランに頼んでいたのは、街道沿いの大盗賊団の情報収集であった。なにしろ大盗賊団の影響で、ウルド村と街の流通が完全にストップして困っていたのだ。

その大盗賊団に関する、奇妙な噂の詳細をクランから聞く。

「なるほど。大盗賊団は壊滅したのか」

「はい、詳しい原因は不明でした、兄さま」

クランの話によると、なんと大盗賊団は完全に壊滅していたのだ。噂では今から少し前に、何者かの襲撃を受けて全滅したという。だが、襲撃者の姿を見た賊の生き残りはいなかった。

霊獣が降臨した噂も流れていたが、廃墟と化した大盗賊団の根城は何者もいなかったという。

あまりに突然で不思議な事件に、街道沿いでは噂が飛び交っていたのだ。そして安全になった街道には早くも、各地に向かう巡礼者や行商人の姿が見え始めていたという。

（不気味な現象……だが大盗賊団が消滅したのは好機だ）

心のどこかで嫌な予感がしていたが、これはチャンスであった。閉鎖されていたウルドの村が、ようやく解放されたのである。

これで南の街道の先にある大きな街と、村との流通のパイプが回復したのだ。素直に喜ぶべきことだが、その分だけいろんなことが引き起こるであろう。

「やれやれ……また忙しくなりそうだな」

新しい出会いの予感と共に、オレは南方に延びる街道の先を見つめるのであった。

エピローグ

広大な大草原を切り裂くように、石畳の街道が南北に延びている。この街道は古代の超帝国の時代に、大陸各地に敷かれたものの一つ。

南の温暖な地域からは、海産物や果物・砂糖などの特産品が商隊に運ばれ北上する。また北方からは穀物や革製品・鉱物などが南へと運ばれる。

この歴史ある南北街道は流通の要《かなめ》であり、異文化の交わる道として現在も重要な役割を担っている。


そんな街道を南に向かう、不思議な集団があった。集団は中央に荷馬車を配置し、周りには護衛の騎馬の姿も見える。

おそらく北部から来た農民であろう。大量の荷を積み込み、南下した先にある街に向かう道中なのかもしれない。

騎兵は盗賊対策に雇った傭兵であろう。大盗賊団が消滅したといっても油断はできず、金がかかるが護衛もまだ必要である。

だが、この農民の荷馬車隊は、よく見ると不思議な集団なのである。

なにしろ騎兵の馬は、全て幻のハン馬だったのだ。将軍や上級騎士が喉から手が出るほど欲する、あの幻の名馬が何頭もいるのだ。

そして更に、驚くことがある。それは御者台の二人を除き、他の全員がまだ幼い子どもたちだったのだ。そんな子どもたちが、荷馬車やハン馬を見事に乗りこなしているのだ。

本当に不思議な光景であった。すれ違う行商人や巡礼者の誰もが驚き、この一行を見つめていた。

◇　◇

「ヤマトの兄さま、もう少し南下すると街があります。怪しい人影はありません」

「偵察ご苦労様だ、クラン」

「はい、ありがとうございます、兄さま！」

ハン族の少女クラン率いる騎馬隊が、オレの乗る荷馬車まで戻ってきた。前方や周囲にも、怪しい影はないと報告を受ける。美しい草原の少女クランは短弓を携えて、街道を南下する荷馬車の護衛にあたる。

「いよいよ、オルンの街ですね、ヤマトさま」

「そうだな。だが油断は禁物だ、リーシャさん」

「はい！」

荷馬車の御者台でオレの隣に座る少女リーシャは、思わず浮かれてしまった表情を引き締める。手に機械長弓《マリオネット・ボウ》を持ちながら、遠目が利くその両目で周囲を警戒する。

「リーシャ姉ちゃんが、浮かれるのも仕方がないよ。ヤマト兄ちゃん！」

「だって街は、すごく大きくて楽しいんだよ、兄ちゃん！」

「そうそう、たのしい！」

荷馬車に乗っている子どもたちは、浮かれ気分を隠そうともしていない。無邪気に笑いながら、まだ見えぬ街についておしゃべりをしている。それでも弩《クロスボウ》を持ちながら、監視の目はしっかりと周囲に向けられている。

「街はそんなに大きいのか、リーシャさん？」

「はい、もちろんです！　商館や市場《バザール》が建ち並んで、素敵な生地や珍しい宝飾品、それに屋台の料理がたくさん売っているのですよ！　ヤマトさま」

いつもは控えめなリーシャが、まくし立てるように言葉を続ける。

「リーシャさんがそこまで言うのなら、本当に楽しみだな」

「す、すみません……久しぶりの街なので、つい興奮してしまいました」

「持ってきた商品が売れたら、みんなで土産も買っていこう」

「はい、ありがとうございます！　ヤマトさま」

そんな他愛のない雑談をしながら、オレは周囲に視線を向ける。見晴らしのいい街道沿いには、もはや危険の香りは感じない。

ハン族の少女クランの情報の通り、この街道沿いを荒らしていた大盗賊団は、本当に壊滅したようである。オレたちウルド交易隊も、今のところは順調に南下していた。


交易――――そう、街道の治安が回復したのを受けて、オレたちは交易をすることにしたのだ。

目的はウルドの特産品を街で売り、香辛料や医療品などを買って帰ることだ。村で生産できないこれらの必要物資は、交易でしか手に入らない。

連れてきたメンバーは少数精鋭で、二台の荷馬車にウルドの特産品を満載していた。最近は村の周囲には危険な存在はなく、しばらくはオレが村を離れても大丈夫。街での交易に集中できる。


「ヤマトの兄さま！」

街道を南下していた、そんな時である。

「オルンの街が見えました！」

「わかった、クラン」

先行していたハン族の少女クランから、声があがる。目的地であるオルンが、見えてきたのだ。

これでウルド交易隊は無事に、街に到着できそうである。

（これでウルドの村と街との街道《パイプ》は、完全に繋がった。さて、この交易の再開が、吉とでるか凶とでるか……）

遠目に都市国家オルンの城壁を見つめながら、オレは心の中でつぶやく。

こうしてオレの恩返しによる村づくりは、新しい季節を迎えようとしていた。

閑話3　山穴族の鎮魂酒

これは岩塩鉱山の霊獣との激闘から、数日が経った日の話のこと。

大怪我を負ったが、安静にしていたお蔭で動けるようになったオレは一人で、鉱山内部の安全調査にやってきていた。

「坑内は特に異変はないか」

主《ぬし》である霊獣を討伐したとはいえ、百年もの長い間、人の手が全く入らずにいた場所だ。鉱山が稼働する前に、この目で安全の最終確認をする。

「坑内は多少の修復で使えそうだな」

岩塩鉱山の内部の設備に、大きな損傷はなかった。これならある程度の修復で、すぐに再利用ができそうだ。これは山穴族の基礎工事が、しっかりしていたお蔭であろう。

頑固なまでに仕事に一切の妥協がない彼等らしい、いい仕事の歴史だ。

「まずは村で使用する岩塩の採掘だな」

調査しながら、この場所の今後についても考える。なにしろこの鉱山は大陸でも有数の、岩塩の埋蔵量がある。存在自体を内密にして、掘り出した岩塩も慎重に取り扱う必要がある。

塩は、人の生存に必須のモノだ。地球の歴史でも、塩は古くから政治と経済で、重要な位置を占めていた。

塩を扱う商人は大きな富を得て、貴族まで成り上がる者も多い。国や領主による専売制をとる支配者も多く、国を維持する富を塩から得ていた。

とにかく大量の塩の取り扱いには、今後は細心の注意を払っていかねばならない。

◇　◇

「さて、最後は最下層か」

坑内の全ての安全を確認し、最後の場所へ向かう。

そこは岩塩鉱山の最下層にある大採掘場。数日前にオレたちが、霊獣と死闘を繰り広げた決戦の場である。緩やかな坂を下り、最下層にたどり着く。

「ここにいたか、ジイさん」

最下層に人影を見かけ、声をかける。ここに来ていたのは双子の孫たちから聞いて、予め知っていた。

「なんじゃ、小僧か……」

最下層にいたのは、山穴族の老鍛冶師ガトンであった。

薄暗い坑内を、松明も持たずに静かに立っていた。

「こんな暗闇の中で、辛気《しんき》くさいぞ、ジイさん」

「ふん。山穴族は暗闇でも良く見えるのじゃ」

「そうだったな」

何かを凝視しているガトンの隣まで、歩み寄る。その視線の先に、オレも目を向ける。老鍛冶師がじっと見つめているのは、足元の黒い塊《かたまり》であった。

「霊獣の亡骸か」

「ああ……血肉の風化も、終わりかけておる……」

数日前にオレたちが倒した霊獣の死体を、ガトンは一人で見つめていたのだ。倒した直後の霊獣の亡骸から、核《コア》や大牙などの素材をオレが回収して、残りはここに放置していた。

「霊獣の血肉は取り込んだ魂ごとチリとなり、その土地の糧となるのじゃ……」

「そうか」

人外である霊獣は普通の獣と違い、死んだ後に血肉が残らない。核《コア》を破壊された後は、時間をかけて空中のチリとなり、この世から消え去ってしまうのだ。食い殺し取り込んだ、生物の魂と共に。

「このチリの中に、あんたの仲間や家族もいるのか」

「ああ……みんなイイ奴じゃった。最高の鉱山師で職人たちじゃった……」

百年前、この鉱山にいた山穴族の集落は、突如として降臨した霊獣によって滅ぼされた。ガトンのように辛うじて逃げ延びた者もいたが、ほとんどの同族は霊獣の糧となってしまったという。

「この百年間ずっと……ワシはこの霊獣のことを憎んできた。災厄と割り切ることは、ワシにはできなかった……」

「そうか」

老鍛冶師ガトンは誰に向けるともなく、静かに語り始める。

◇　◇

百年前、同胞を見捨て生き延びた自分を、ずっと恥じていたと。命を助けてもらったウルド村でも、その恨みの炎は消えることはなかった。

この大陸で霊獣という存在は、自然界が生み出した天災のようなモノだ。回避できない死の運命の一つ。ゆえに怒りをぶつけることはできない。

行き場のない魂のガトンは百年間、一心不乱に鉄を打ち続けていた。気がつくと大陸でも有数の匠《マイスター》の称号を得る機会もあった。だが、それでも老鍛冶師ガトンの心は癒されることはない。

「そんな時にオヌシが現れたのじゃ……迷い人ヤマトが……」

ウルドの村の窮地に現れたのは、英知をもった謎の青年ヤマトであった。その者は新しい技術と勇気を示し、村の問題を次々と解決していく。

また武器を手に取れば、目にも留まらぬ技で獣を打ち倒していく。そして不思議な道具と武器も有していた。

「機械式の弩《クロスボウ》……ワシですら知らぬ金属の短剣《サバイバルナイフ》。あれは衝撃じゃった……」

「ああ、あの時か」

あの時、ガトンは期待したのだ。『この者ならいつか、岩塩鉱山の霊獣を倒してくれるのでは』と。だが、それと同時に自分の復讐に、他人を利用したくなかった。

「それは霊獣を倒すためだけに、ワシが作り出した〝恨みの剣〟じゃ。人を生かすモノではない……」

「それで最後まで迷っていたのか」

ガトンの話を聞き終え、オレは腰に下げていた片刃の剣を抜く。これは霊獣との決戦時、ガトンが渡してくれた剣。この剣のお蔭で、オレは霊獣を倒すことができたのだ。

「ワシら山穴族は、『憎しみや恨みの感情で、鉄を打ってはいけない』という戒律があるのじゃ……」

その誓いを老鍛治師ガトンは、破ってしまったのだ。

ヤマトから対価として貰った和刀ナイフをベースに、七日七晩の全身全霊をかけて鉄を打ったのだ。百年分の憎しみと恨みを込めた、ガトン最高傑作の魔剣ガトンズ・ソードを。

「許してくれ、小僧……いや、ヤマトよ。ワシの個人的な感情に、オヌシや村のみんなを危険にさらして……」

ガトンは声を詰まらせながら、謝罪してきた。

頑固で融通の利かない山穴族の男が、自分の非を認めているのだ。初めて見る老鍛冶師の弱い姿であった。

「気にするな、ジイさん。たいしたことではない」

「なっ!?　じゃが、ワシは……」

「ジイさんのお蔭で村のみんなが、そしてオレは生きている。今はそれだけでいい」

「小僧……オヌシ……」

オレのその言葉に、嘘はない。

この老鍛冶師がいなければ、村の生活がどうなっていたか想像もできない。その凄腕から生み出された道具は、村の暮らしを向上させた。狩りの道具は寒さと飢えをしのぐ、毛皮と肉を与えてくれた。

残虐非道な山賊から村を守ったのも、ガトンの作り出した弩《クロスボウ》のお蔭。そして霊獣を退治して塩を得ることができたのも、このガトンズ・ソードの力だ。

「この剣の〝対価〟の代わりだ。ジイさんにコレをやる」

言葉を失っているガトンに、オレは杯を手渡す。そして村から持ってきた小瓶《こがめ》から、琥珀《こはく》色の液体を注ぐ。

「なんじゃ、これは……」

「村長の秘蔵の酒だ。くすねてきた」

「こんな時に、酒じゃと……」

「これは献杯《けんぱい》だ」

オレは説明する。自分の故郷の国では〝故人を悼《いた》み、杯を捧げる〟献杯という習慣があることを。

これは、そのための酒と杯だと伝える。


「小僧のくせに、随分と年寄り染みているの……オヌシは」

「オレも付き合ってやる」

自分の杯にも酒を注ぎ、霊獣から舞い上がる風化のチリに視線を移す。

「勇敢な山穴族の、魂の安息に……献杯」

「献杯じゃ……」

魂の別れに、長々しい言葉はいらない。

オレとガトンは誰もいない静寂の間《ま》に、杯を捧げる。

偉大なる山穴族の漢《おとこ》たちの魂に向かって。

閑話4　草原の弓

岩塩鉱山を霊獣から開放して、一ヶ月後。

ウルドの村の生活は、平穏な日々へと戻っている。今日は村から少し離れた所にある、山岳草原にオレは来ていた。

「よし、これより弓の試射会を行う」

目的は新しく完成した、短弓の性能を確認するため。今回オレが老鍛冶師ガトンに作ってもらったのは、草原の民のハン族専用の短弓である。

「ヤマトの兄《あに》さま……これが私たちハン族の弓ですか」

「ああ、覇王短弓《テムジン・ボウ》だ」

「テムジン・ボウ……」

「オレの世界の……大陸草原の偉大なる英雄の名からとった」

「英雄の名から……本当に素敵な名をありがとうございます、ヤマトの兄さま！」

ハン族の代表である少女クランは、感動して感謝を述べてくる。この美しい少女は草原の民の族長の直系。今は生き残ったハン族の、子どもたちで結成した弓騎馬隊を束ねる身分にある。

「では、駆射《かけしゃ》で試し射ちをしてきます、ヤマトの兄さま」

「ああ。何かあれば遠慮なく言え」

「はい、ありがとうございます！　よし、皆の者、行くぞ！　ハッ！」

「はい、クランさま！　ハッ！」

草原の少女クランの号令と共に、三十騎近い騎馬隊が駆けだす。

彼らはハン族の生き残りの少年少女で、今はウルド村の新しい住人である。生まれもっての草原の民である彼らは、手足のように巨大なハン馬を操って疾走していく。


「ヤマトさま……あれが新しい短弓なのですね」

「ああ。リーシャさんの機械長弓《マリオネット・ボウ》と、仕組みは同じだ」

「なるほど……そうなのですね」

ハン族の子どもたちが、遠くで新しい弓の試射を始めている。

オレの隣にいた村長の孫娘リーシャは、その光景をじっと見つめている。狩人でもある彼女の視力は良く、遠目でもはっきりと見えている。

「揺れる馬の上で……本当に見事な馬上弓術ですね」

「あの短弓は、ハン族の適性に合わせた。馬を操りながらでも使える」

「なるほどです。さすがはヤマトさまです！」

リーシャのマリオネット・ボウと同じで、ハン族の短弓も複合式である。設計図はいつものようにオレが図面を描き、老鍛冶師ガトンが製作した。

「短弓とは思えない、凄い射距離と貫通力ですね……」

「オレの計算だと、前のより数倍の威力はある」

「数倍ですか……本当に凄いです……」

遠目で起きている試射の様子に、リーシャはしきりに感動している。

「威力と飛距離はリーシャさんの長弓よりも劣る。だが連射性と騎上での使いやすさは、あの短弓が上だ」

「なるほど……使い手により、いろいろと適性があるのですね」

「そういうことだ」

ちなみにテムジン・ボウも複製して悪用はできない。ウルド式の弩《クロスボウ》や機械長弓《マリオネット・ボウ》と同じ、内部に特殊な歯車を使って加工しているからだ。


「それにしてもハン族の子どもたちは、本当に凄い部族ですね……」

「草原で生まれ育った環境と、才能の成せる賜物《たまもの》であろう」

草原の少女クランをはじめとする、ハン族の子どもたちの操馬術は本当に凄い。

オレも経験をしたことがあるが、馬を扱いながら弓を射るのは難しい。地震のように揺れる全力疾走の馬の上で、目標を正確に射る鍛錬が必要なのだ。

また馬を手足のように扱いながら、自分の有利な位置に移動。相手の死角から精密な射撃をするなど、草原の民にしかできない芸当であろう。

「クランたちには今後、広範囲での巡回偵察を頼むつもりだ」

「山林部はウルドの民の子どもたちに。そして街道沿いや草原はハン族に……ということですね、ヤマトさま」

「ああ、そうだ」

遮蔽物《しゃへい》の少ない草原や荒野では、彼ら弓騎馬は圧倒的な戦闘能力を持つ。テムジン・ボウの数も揃ってきたので、彼女たちにも新しい仕事を与えていく。

一日に数百キロを駆ける、ハン馬を操るハン族は平地の王者。今後の活躍が楽しみである。


「ヤマトの兄さま！　このテムジン・ボウは本当に、凄いですね！」

「これまでの短弓の、何倍も飛んだよ！」

「しかも扱いやすいのです！」

テムジン・ボウの試射会も終わり、子どもたちが戻ってきた。

興奮しながら、新しい弓の性能をベタ褒めしている。この分だと性能は良好。個人に合わせて微調整して完成であろう。

「それにしても、クランさまは流石でしたね……〝ハン中《あ》て〟で十六個もの記録ですね」

「二十個も中てられた、我が父上に比べたら、私もまだまだです」

どうやらハン族に伝わる、騎乗射撃の腕比べをしていたようだ。時間内に指定された場所を駆けて、正確に射撃した点数を競う鍛錬だという。

　この中では族長の血を引く少女クランが、圧倒的に優れているらしい。ちなみにクランの亡き父親は、この大陸でも有数の騎馬使いだったという。

「面白そうだな」

「ヤマトの兄さまも、遊びで挑戦してみますか？」

「ああ、やってみるか」

　面白そうだったので、オレも〝ハン中て〟にチャレンジする。

　前世の日本では何回か、乗馬の体験もしたことがある。落ちない程度には、馬を進ませることはできたはずだ。

「ヤマトの兄さま、無理はなさらずに。初心者なら三個でも的中したら、御の字です」

「ああ、遊びだ。無理はしない」

　テムジン・ボウを借りて、自分の愛馬となった巨馬〝王風《ワンフー》〟にまたがる。暴れ馬だが、オレだけには素直に従う。

「ちなみにハン族の歴代の記録は、クラン様の父上の二十個です、ヤマトさま」

「頑張ってみる」

　そう言ってみたが素人では、騎上では弓を構えることすら困難であろう。オレは怪我をしないように、慎重に狙っていくつもりだ。

「では数えてくれ」

オレの初めての駆射の体験が、こうして始まった。

◇　　◇

そして、数分後。

「す、凄いです……」

「さ、三十二個も、的中だってさ……」

「凄いです！　さすがヤマトの兄さまです！」

「偶然だ。たいしたことではない」

オレの初めての〝ハン中て〟は、終わった。

『制限時間内に三十二個の的中』という、ハン族の歴史を大きく塗り替えた記録と共に。

閑話5　真夏の湖

岩塩鉱山を霊獣から開放して、二ヶ月ほど経ったころ。

季節は真夏。北方の山岳地帯にあるウルドの村に、短い夏の季節が訪れていた。真夏の太陽が降り注ぐ季節は、北国にとって貴重な時季である。

田植えを終えて大きな仕事はないが、野菜などの農作業に勤しんでいた。暑い中での厳しい作業だが、収穫の秋に向けての大事な仕事。村人全員で協力し合い、地道な作業に取りかかっていた。

「よし、今日は水遊びだ」

そんな夏の休息日、オレたちは水遊びに来ていた。場所はウルド盆地の中央にある、村の湖だ。

「よーし、泳ぐぞー」

「みんなで競争だね！」

「ねえ、こっちで砂遊びしようよ」

「うん、いいよ」

到着してすぐ、子どもたちは湖に向かって走り出す。涼しい北国に住む彼らにとって、この短い夏は楽しみにしてきた季節なのだ。年齢や性別によって分かれ、それぞれの遊びを始めている。

「あまり遠くまで、行きすぎるな。何かあれば、すぐ報告しろ」

そんな中でオレの役割は引率者であり、湖の監視員である。

危険がないか、常に目を光らせておく。なにしろ村の子どもたちは幼児から小学生くらいまで、歳も性別もバラバラである。水難事故がないように、湖畔の砂浜で監視をする。


「ねえ、ヤマト兄ちゃんは、水で遊ばないの!?」

「ガッツ。ヤマトの兄さまは、忙しいのですよ」

「兄さま……お疲れ様です」

そんな中、子どもたちの中でも年長の三人組がやってきた。彼女たちにも、監視を手伝ってもらっていた。ガキ大将であるガッツとハン族の少女クラン、そして絵描きの少女クロエの三人娘である。

三人娘……そう、ガキ大将であったガッツは、なんと女の子だった。これは、オレの一方的な勘違いだ。身長が高くボーイッシュなガッツを、オレが勝手に男だと思っていたのだ。女の子用の水着に着替えたガッツを見て、気がついたのだ。

「ねえ、兄ちゃん。この水着はどう？　似合う？」

「だからガッツ、兄さまは忙しいのよ。邪魔はいけません」

「えー。でもクランも、兄ちゃんに水着を見せたい、って言ってたじゃん？」

「そ、それは……」

「わたしも……見てほしいです……兄さま」

三人娘は何やらにぎやかである。どうやら自分たちの水着を、オレに見て欲しいのであろう。

ちなみに耐水性のある繊維で編まれたこのウルド布は、水着としても優れていた。村では夏になると、こうして湖で遊ぶ時に着用するのだ。

（まさか異世界に水着があったとはな……）

最初に水着の存在を聞いた時は、正直なところ驚いた。だが深く考えるのはやめた。なにしろここは異世界であり、地球とは別文化の世界なのである。


「ああ、三人とも似合っている。可愛いぞ」

近づいて見せてくる三人の水着を褒める。人付き合いが苦手なオレは、こんな時に何て言えばいいか分からない。とにかく思ったことを、言葉にして褒める。

「えへへ……兄ちゃんに、そう言われると、なんか照れるぜ……」

「嬉しいです、兄さま。ハン族の女性へ、最大のほめ言葉です……」

「わたしも……嬉しい」

どうやら成功だったらしい。ガッツとクラン、クロエの三人娘は顔を赤くして嬉しがっていた。

彼女たち三人はまだ成人前だが、接し方には気をつけていこう。なにしろ女心は難しい。

「ヤマトさま、お待たせしました」

三人娘と話をしていた、そんな時であった。一人の少女が遅れて到着する。

「リーシャさんか。大丈夫だったか？」

「はい、着替えに手間取っていました」

最後にやってきたのは、村長の孫娘リーシャである。着替えに手間取り、少しだけ遅れてしまったのだ。これで全員が揃ったことになる。

「リーシャ姉ちゃん、すごいキレイ！」

「素敵です、リーシャの姉さま」

「おおきい……です」

三人娘はリーシャの水着姿に、見とれていた。そしてリーシャの大人びた身体を、密かにうらやましがる。

（確かにモデルのような体型で美しいな……）

リーシャは美しい少女である。これは森で初めて出会った時にも感じていた。

輝く髪に整った目鼻立ち。異世界の美的感覚は分からないが、間違いなく美少女の部類に入る。

「三人はこれから成長していくから、大丈夫ですよ」

「えー、本当かな。オレは無理そうかな……男っぽいし」

「ハン族の女性は、美しく強くなくてはいけません」

「わたしも……おおきくなるように、がんばります」

三人娘は謙遜しているが、リーシャと比べても美しくなる素質は十分にある。あと数年して成人したら、美しい女性になると思われる。後は素質を、どう生かしていくかであろう。

「ヤマト兄ちゃん、スキありだー！」

三人娘とリーシャのやり取りを見ていた、そんな時である。

オレの後頭部に水が飛んできた。とっさに回避したが、明らかにオレを狙った攻撃である。

「これは、何のイタズラだ？」

攻撃をしてきたのは、湖の中にいる子どもたちだった。木筒で作った水鉄砲で、仕掛けてきたのだ。

「えー、だって。兄ちゃん、ボーっとしていたからね！」

「そうそう。こーんなに、鼻の下を長くして、変な顔をしていたね！」

「シン・ギ・タイがなくて、スキだらけだったよ！」

笑いながら子どもたちは、水着に見とれていたオレを挑発してきた。そして更に水鉄砲で攻撃してくる。

「やーい、ヤマト兄ちゃん。追いかけてきていいよー」

「でも、オレたちウルドっ子は泳ぐのは速いからね。無理だね！」

「そうそう、じゃあねー」

湖の中の子どもたちは、更に挑発してきた。悔しかったら捕まえてみろと。

「ウルドっ子だと？　ほう、そうか」

こう見えて、オレは負けず嫌いである。そして手加減を知らない。泳ぎで鬼ごっこをするなら、全力で追いかける。幼いころに〝東小のカッパやろう〟と呼ばれていた、オレの実力を解放する。

「よし……いくぞ」

こうして水中鬼ごっこが、あっという間に終わったことは、言うまでもない。

あとがき

著者ハーーナ殿下（以下、ハーーナ）「このたびは拙作をお手に取っていただき、誠にありがとうございます」
ヒロイン・リーシャ（以下、リーシャ）「登場人物を代表して、私からも御礼申し上げます」
ハーーナ「えっ……リーシャさん？　あとがきにまで、乱入なんですね」
主人公ヤマト（以下、ヤマト）「オレもいる」
ハーーナ「（うわーなんか主人公まで、きちゃったよ）と、とにかく、〝小説家になろう〟で投稿していた当作品を改稿して、こうして皆さんのお手元までお届けできて、今はひと安心しています」
リーシャ「ウェブ版に比べて、だいぶ修正していた部分もありましたね」
ハーーナ「はい、そうですね。この書籍版はテンポを重視して、重複の説明なんかをスッキリさせて、読みやすくしていました。あと、物語の何ヶ所かに小さな山場の追加や、起承転結を意識していました」
リーシャ「メインのストーリー展開に変更はありませんでしたが、閑話は増えていましたね」
ハーーナ「確かにオリジナルの閑話は追加していました。あとがきを先に読む方もいるので、その辺は読んでからのお楽しみということで。主人公と村のみんなとの交流も、増やして書いていました」
リーシャ「ヤマトさまの素敵な一面が見られて、私も嬉しかったです」
ヤマト「オレはいつも変わらない主義だ」
ハーーナ「(うわー、主人公なのに何という無愛想っぷり)あとヒロインであるリーシャさんの可愛らしさや、村の子どもたちの無邪気さなんかも、盛りだくさんで書いておりました。主人公ヤマトのクール？　さと対比して、楽しんでいただければ幸いです」
ヤマト「オレは人付き合いが苦手なだけだ。クールではない」
ハーーナ「(何という主人公だ……)それじゃ、次のコーナーをリーシャさんに代読お願いいたします」
リーシャ「はい。読者さまからの質問に、作者自身が答えるコーナーですね」
ハーーナ「はい、答えられる範囲でどうぞ」
リーシャ「なぜ、この作品を書こうと思ったのですか？」
ハーーナ「私は自然が好きなので、アウトドアにも興味がありました。でも実際には泊まり登山には行けないので、本などを読んで我慢していました。そうしたら〝アウトドア技術は最強！〟みたいな謎の理論が浮かび、思わず筆を取っていました」
リーシャ「では次の質問です。この作品は本当に内政系小説ですか？」
ハーーナ「は、はい……もちろん内政系の小説です……バトルが、よくありますが……(小声)」
ヤマト「生き残るために、戦っているだけだ」

ハーーナ「（おー、初めて主人公らしいフォローな発言！）そうですね。この作品では〝生きると時には厳しい〟なことも書いていければと思っています。そして、とにかく応援していただいた皆さんには、本当に感謝しております。また編集部の皆さんや、素晴らしいイラストを描いていただいた植田亮さま、書籍化の際には本当にありがとうございました」
ヤマト「急に真面目になったな。いい心がけだ」
リーシャ「最後の質問です。二巻の予定は？」
ハーーナ「…………」
ヤマト「…………」
ハーーナ「そ、それは、私や登場人物の皆さんの頑張りしだいですね。今後も主人公ヤマトが大活躍して、新しいヒロインやライバルたちも登場するので、ご声援をよろしくお願いいたします」
ヤマト「ああ、まかせろ」
リーシャ「あ、新しいヒロインですか？　こんなに私、頑張っているのですが……」
ハーーナ「あっ、リーシャさん……そ、それは大人の事情ということで……」
村の子どもたち「あっ、ヤマト兄ちゃん、こんな所にいたんだ！　村が大変なんだよ！」
ヤマト「そうか。今すぐ戻る」
リーシャ「えっ!?　作者がいなくなっている？　どこですか？　少しお聞きしたいことがあります！」
どたばた。

ハーーナ「最後に改めて、このたびは当作品をお手に取っていただき、本当にありがとうございます。今後とも『オレの恩返し』をよろしくお願いします」

ありがとうございます。
2016.10

小説家になろう
43万作品の
年間ランキング
第2位!
続々重版!

大人気型破りのチートヒーロー小説！
ランクＳ昇格試験のため、
王都レガリアへと急ぐアズリーとポチ。
試験内容は＜賊の討伐＞のはずが、
なんと相手は解放軍だった。
しかも率いるはあの懐かしの黒いやつで……
次々と政府の陰謀が明るみになる中、
ついにティファとも再会！
新キャラも続々登場で
さらに混迷を極める人間＆使い魔模様は
予想もしない展開に？

EARTH STAR NOVEL

オレの恩返し ～ハイスペック村づくり～ 1

発行 ―――― 2016年11月15日 初版第1刷発行

著者 ―――― ハーーナ殿下

イラストレーター ―――― 植田 亮

装丁デザイン ―――― 山上陽一＋内田裕乃（ARTEN）

発行者 ―――― 幕内和博

編集 ―――― 筒井さやか

発行所 ―――― 株式会社 アース・スター エンターテイメント
〒107-0052 東京都港区赤坂 2-14-5
Daiwa 赤坂ビル 5F
TEL：03-5561-7630
FAX：03-5561-7632
http://www.es-novel.jp/

発売所 ―――― 株式会社 泰文堂
〒108-0075 東京都港区港南 2-16-8
ストーリア品川 17F
TEL：03-6712-0333

印刷・製本 ―――― 中央精版印刷株式会社

ISBN 978-4-8030-0969-9